棋手

赵晖 海飞 …… 作品

南方出版传媒
花城出版社
中国·广州

图书在版编目（CIP）数据

棋手 / 海飞，赵晖著. -- 广州：花城出版社，2018.11

（谍战深海系列）

ISBN 978-7-5360-8753-8

Ⅰ．①棋… Ⅱ．①海… ②赵… Ⅲ．①长篇小说－中国－当代 Ⅳ．①I247.5

中国版本图书馆CIP数据核字(2018)第231545号

出 版 人：	詹秀敏
选题策划：	程士庆
责任编辑：	夏显夫　邹蔚昀
技术编辑：	薛伟民　林佳莹
封面设计：	尚世视觉

书　　名	棋手
	QI SHOU
出版发行	花城出版社
	（广州市环市东路水荫路11号）
经　　销	全国新华书店
印　　刷	广东新华印刷有限公司
	（广东省佛山市南海区盐步河东中心路23号）
开　　本	880毫米×1230毫米　32开
印　　张	7.125　1插页
字　　数	80,000字
版　　次	2018年11月第1版　2018年11月第1次印刷
定　　价	38.00元

如发现印装质量问题，请直接与印刷厂联系调换。
购书热线：020-37604658　37602954
花城出版社网站：http://www.fcph.com.cn

目 录
CONTENTS

棋 手 001

创作谈:所有的人生向来都是
　　　　春风沉醉中的落子无悔 171

棋 手

你一定要相信，伪装术并没有中国古代的易容术那么夸张，更不像古印度的变幻术那么神秘，它其实是一项较为普通的手艺活。只要你的对手不是十分强大，一个简单的假发套、一对假眉毛或是一把假胡须，都足以以假乱真，让你蒙混在人群中，想走多远就走多远。

你还要相信，70年前，我也曾经甩开双手，伪装蒙混在上海滩。我会沿着苏州河的堤岸像疯子一样奔跑，四面吹来的风会把我的衣裳撑起来，让我像一只得意洋洋的气球。我那时还想，我他妈的既然这么年轻，何不换一个名字？比方讲给自己取个洋名，或者也可以是恭贺新禧的贺、羽翼渐丰的羽丰。你晓得的，我其实原本并不是姓贺。

对此，姐夫朱修阳却并不反对。他说无所谓的呀，男人这一辈子可以有很多名字。哪怕是叫混蛋，流氓，那又能怎样？哈哈，叫贺羽丰，那又怎样？

你晓得的，爹不在，姐夫就可以是家里的一片天。

此刻，我似乎看到黄浦江和苏州河交汇的上空，那纠缠与升腾的水雾，就像升起在远方的阵阵炊烟。炊烟升起的时候，最适合我这段故事的开始。

我和贺羽丰的故事只有一个版本。你要相信的，所有的读者，都会爱不释手……

1

贺羽丰踩进上海滩水门汀的第一脚，落在1938年的春天，他也平生第一次耳闻了宪兵队嘴里狗叫般的八嘎、八嘎，意思是愚蠢和笨蛋。

那的确是个雨水恣意的季节，贺羽丰的脚底污水横行，但姐姐赵亚晴给他收拾的行李中，却没有油纸伞。这时候淞沪会战刚刚尘埃落定一百多天，身处十六铺码头拥挤的人群中，正和少年时光话别的贺羽丰放眼望去：斜风细雨中，楼宇间陌生的膏药旗像是盖在上海脸上的一枚枚扭曲的印章，而宪兵队集结在码头出口处，他们肩上明晃晃的刺刀让他望而生畏。他觉得这些矮壮的日本兵，像极了地里的一群甘蔗。贺羽丰抓了一把四月里湿漉的头发，挤出一团水珠后才恍然想起，自己已经大致忘记了来接船的姐夫朱修阳的长相……

贺羽丰原本是姓赵的，他来上海是为了学一门外语。姐夫在信中说，这年头，学洋人的话实惠，方便在上海安身立命，出人头地。姐夫还说，上海上海，就是像海一样的城市。

那天，黄包车上的贺羽丰对着姐夫问这问那，最后说起的，是方才听到金发碧眼的洋女人说乃斯突米秋，那又是什么意思？姐夫说那是英语Nice to meet you，就是很高兴见到你。贺羽丰的一双手那时恰巧落在行囊里的一盒中国象棋上，他说姐夫，那我就学英语好了。

春天跑起来的速度像是一匹马，昂首秋风后，转眼又从冬天折了回来。这一来一去的时间里，贺羽丰的英语也快马加鞭地差不多学了三年。静安寺路上的大光明戏院里，他很像那么回事地成了英语电影的第一个男声助理。上海人叫原版电影为译意风电影，也就是"Earphone"——他们看电影时戴在头上的耳机。电影放映时，贺羽丰和他的搭档阿苏在楼上的播音室里担任男女声对白的现场传译。两个礼拜下来，贺羽丰给自己取了个洋名，叫Hello Earphone（你好译意风）。

那天的电影即将散场，双方都念完了最后一句对白。阿苏掐掉话筒的开关后说，Mr Hello Earphone，多俊的一个名字，人家好羡慕你。

贺羽丰扔开手中的一本象棋棋谱，不屑地说：这胡乱的棋谱简直是没谱，印刷公司肯定没睡醒，好多地方说不通的。

你个棋疯子，有没有听到我跟你说话？别说我没提醒你，你刚才抢了我的一句台词。阿苏一口的吴侬软语，像牛皮糖一样。

转过头去的阿苏又继续刚才的话题说，要不你干脆也改了国文名字吧，那么，叫什么好呢？对了呀，阿苏转回身说，就叫贺羽丰吧，听着就像是Hello Earphone呢。

阿苏耳侧的两束马尾晃荡在贺羽丰的眼里。还有还有，侬晓得伐，我说的是恭贺新禧的贺、羽翼渐丰的羽丰，别提有多骄傲了。阿苏雀跃着，随手将一本英文字典敲落在贺羽丰的脑门上。

Masterwork！小阿苏，你比杰作还精彩啊！贺羽丰的手凑近阿苏的眼前，打出了一个干脆的响指。

但阿苏却不喜欢贺羽丰说她小，她说我已经19了。快20的阿苏那天用手指卷绕着自己的马尾，又在电影结束后转身去外头的水池里倒掉两人杯子里的剩水，仔细地清洗一番，像要把一小段光阴洗去似的。

播音室的门口其实就有一个洗手池,但阿苏却常常要跑上一段远路,去走廊尽头的那一个。贺羽丰曾经问她,你这又是干吗?阿苏说,你不晓得?那里有冬天里免费的阳光呀。

后来的一天,贺羽丰在播音室里忙完手头的事后走近那个水池,阿苏若有心事地凝望一丛高挂的植物。是一个晶莹的陶瓷花盆,攀缘的藤茎正好从阿苏的头顶垂下。那时,她瓷器般的脸上,流转的眼里铺满了绿色。

阿苏抬手摘掉一片枯叶说,晓得伐,这是常春藤。我刚种的。

阿苏话音刚落,走廊的另一头响起几步高跟鞋的声音。

你看到了什么?

有一个穿旗袍的人过去了,贺羽丰说。

奇怪,阿苏回道,又不是一阵风,一转眼就会不见的。

2

贺羽丰总是踩着脚踏车冲向姐夫朱修阳的石浦棋社,将一阵叮叮当当的车铃声撒在路面上。这已经是1941年的春天,细雨依旧缠绵得一塌糊涂,贺羽丰白净的面孔上贴着一副墨镜。

二楼的账房包间里,坐着姐夫和他少年时的同学陶大春。两人隔得不远不近,互相警觉地抬起了眼。

朱修阳一阵懊恼,他说你怎么不敲门的?戴着墨镜装瞎子吗?

贺羽丰没说墨镜是阿苏送的,只是说这黑镜戴了快一个礼拜了,老天就是不愿让太阳露个脸。陶大春坐在包间里头,抑制住嘴角的笑。

晚饭后,陶大春示意贺羽丰去账房里说

话。那时朱修阳的酒还没喝完,他把酒盅停在了嘴角边,搁下筷子说,不急,让他陪我一起喝点。

又说,也是个男人了,该沾点酒的。

两杯酒下肚,贺羽丰的脸即刻红了起来。陶大春过来抓起他手臂,眼光望向朱修阳,征询着说,要不,我向羽丰讨教一局棋?

羽丰,你听姐夫的,哪儿也别去。

你们干脆拿一把刀子将我劈成两份吧,每人带走一份。贺羽丰捡起一粒花生往嘴里送去。

朱修阳被猛呛了一口酒,重新搁下筷子道,你个臭小子,回家来跟我们卖弄莎士比亚了?

贺羽丰没想到,姐夫竟然也是懂得威廉·莎士比亚的。

陶大春悻悻然坐下。他一言不发,像是这座城市里的一株木讷的树。

上海在1937年底失守后，朱修阳也基本成了一个闲人。当初组织上也征求过他的撤离意见，但他却没有要走的意思。区委开会同意他继续留在上海。至于下一步的安排，领导只有简单的两个字：待命！但这么多年过来了，组织几乎也没和他有过像样的联系，更不要说下达任务。他甚至不晓得，如今的上海，像他这样顽强记忆着自己中共地下党员身份的还有几人。

没有任务，只是抓住记忆并在回忆里生活，他感觉自己更像是一个废人，简直就是黄梅雨天里毫无生机，而且没有方向的一只蝙蝠。

上个月，碰巧在苏州河的桥头遇见了少年时的同学陶大春。陶大春戴着一顶半新旧的礼帽，阳光把他的帽子斜劈开来。朱修阳笑了一下，说，喝一杯吧。

几杯黄酒下肚，双方的话题像放闸的江河水一样。说到后来，又都不吭声了，就那样坐在汽灯的光线下，仿佛所有的时间都凝固了。后来，两人就开始下棋。再后来，陶大春耷拉着眼皮指着棋盘说，你走的是黑棋还是红棋？朱修阳应道，老同学，你我都不是真糊涂。

3

陶大春那天离开石浦棋社，苏州河就在他的眼底流淌，河面上宪兵队的探照灯每隔三分钟就穿刺进夜空，那灯光像一条通往黑暗的道路。入夏近在咫尺，河畔已经有了几声细瘦的蛙鸣，恍如夜风中颤抖的烛光。

陶大春抹了一把脸，眼角竟是湿润的。妻子和女儿的尸体就是从这里漂进黄浦江的。一晃，时间已经过了三年。

他想，如果当初为妻女置过一寸坟地，是不是地上的枯草已经随风长到了腰际？

一个多月前，上头安排他从重庆又回到上海，要他聚集起在苏州河畔潜伏的五名散落人员，筹划一次砍头行动，目标是从重庆罗家湾19号军统局本部叛逃到汪伪76号特工总部的谍报要员。总共七个人参加，行动的代号就叫北斗，最后定夺方案和发布指令的组长过几天才到。还说，他们在76号有个内应，是戴老板多年前预伏在上海的，代号叫老爹，接头成功后，负责向"北斗小组"提供目标的行踪去向。老爹的潜伏极其宝贵，上头有交代，只能"背对背"接头，意思是谁也不准看他的脸，哪怕是背影。

老爹喜爱电影，理想的接头地点是在大光明戏院，陶大春由此想到了朱修阳的小舅子。前两个礼拜,他瞒着老朱给了贺羽丰一个密码本,开始试探着教他莫尔斯电码。令他惊喜的是,贺羽丰的脑子非常灵光,他的兴趣和天赋原来不只在象棋上。短短的几天,这年轻人不仅牢记了密码本,而且发报手法已经相当熟练。

简直是一个奇迹!

这个礼拜开始,贺羽丰已经替他在大光明戏院里连续几天发送了译成数字的电码。内容是:七星摆阵,斗转星移。

陶大春知道,贺羽丰的发报是在电影散场时,趁着同伴阿苏出去冲水杯的那段时间。阿苏在走廊上的一个来回,陶大春相信,这样的时长对于贺羽丰来说是足够了。

可惜,同样的电码发送了多日,却始终没有收到老爹的回应。上头有交代,接到电码后,老爹会在戏院北墙的一米高处留记号:七颗星,差不多每隔五步留一个。

陶大春担心，这样的事情多推迟一天，就会多增加一份被老朱察觉的可能性。他当然晓得的，朱修阳不会允许自己的小舅子被拉进这次行动。内心里，他也猜测着老朱应该是中共那边的人。老朱在酒桌上的言语，一字一句，都是思量过的，说来不紧不慢，却是让人摸不透。

酒水乱不了他的性情。陶大春想，但愿老爹早点出现。

———— 4 ————

事实上，朱修阳也不会相信陶大春在上海是个"白相人"，对方的眼里藏着事体。这个下午，他原本也正要开始对陶大春进行试探，但话到嘴边的辰光，贺羽丰却闯了进来。就在刚才，陶大春临走前，贺羽丰在墙角里将一个小本子藏掖着递了过去。这一幕落进了朱修阳的眼里，他于是恍然醒悟，原来自己眼皮底下发生着像火药一样的危险。但他并没有急着挑明，当作什么也不晓得，很流畅地将眼神给避开。

第二天中午，朱修阳将一张火车票推到贺羽丰的眼前说，准备一下，拿着车票回老家。

你这也太突然了吧。不是说好让我一直跟着你吗？

你和陶大春更突然。朱修阳瞪着一双老鹰一样的眼，在桌子那头逼视着。

还想一直瞒着我？朱修阳的手指随即在桌上敲出一段长短不一的电码。

眼见着贺羽丰没反应，他又将同样的内容再敲了一次。

贺羽丰这回是收到了，姐夫是在问他：学

电码,很有趣?

贺羽丰低头叹气道,可是……

没有可是。今天迈出去的脚明天就收不回了。人家的事体,你少这么热心,回去负责给咱家延长寿命吧。

贺羽丰无言。

朱修阳那时的目光有着羽毛般的颜色,像一只收起翅膀的鸟,落在贺羽丰静默的穿着卡其布中山装的肩膀上。他那时像是再次见到了临终前的岳父。岳父在病床上气若游丝地说,赵家就剩这根独苗,老夫我拜托你了……

岳父说完,又是一阵绵延持续的咳嗽,像是永不停息的黄梅雨。

回老家后,也好给我看着你姐。这仗刚打了一半,从今往后,家里需要你操心的事还多着呢。朱修阳这么说着,贺羽丰的嘴算是确定给堵上了。

三天后,阿苏在上海火车站的站台上哭得梨花带雨的。她说,贺羽丰,你这一走,啥个辰光才能回来啊?你就不想想,往后谁来陪我配音呢?我……我一个人怎么忙得过来呀?

阿苏,你都20了,不许哭。

贺羽丰在车窗里探出身子,抬头望了一眼站台里像河床一样狭长的天空。阿苏似乎听到他是在说:我回不回来,要看上海什么时候需要我了。

然后贺羽丰挥了一下手,像是让阿苏走,也像是要赶走一些什么似的,比方讲这几年的记忆。

令朱修阳始料未及的是,回到浙西县城的贺羽丰,转眼就被老唐给看上了。

在村口见到贺羽丰的第一眼,老唐就很是兴奋。这么好的一个青年,脑子打小就跟算盘似的,如今嘛要知识有知识,要文化有文化。关键是,人家又在上海见过世面。这"市面"两个字,虽然不写在脸上,不过别人看不出,不等于老唐看不出。

眼望着村口缓缓东去的须江水,老唐突然想划亮火柴点一根烟。他觉得,这简直是延安特意给他派来的助手。但这样的念头很快就被老唐抛下了,都应该是同志,怎么能说是助手。

江水不急,老唐也不急。他晓得的,江水没日没夜地流,自己有的是时间。

那天，用借来的肥皂把脸洗得跟贺羽丰一样干净的老唐斯斯文文地说，你有没有觉得，我们两个可以交朋友？

说到交朋友的时候，老唐的两个手指在贺羽丰棋盘的楚河上空来回比画了一阵。那时，天空像是落下了几个雨点。

见贺羽丰不语，老唐又把身子凑近说：上海的天气怎样？听说马路很宽？乌龟车跑起来的时候，隔一段路程就放一个黑乎乎的屁？汽油味闻起来还很香？

贺羽丰捡起棋盘上一枚黑色的车，说，闻闻看，香不香？

老唐于是说，我就晓得的，你会拿我开玩笑。来来来，陪你下一局。

三天后，每局都输的老唐，话题是从帮会开始的：那些帮会你总该知道一些吧？有屁股向着日本人的，也有一天到晚对着人家点头哈腰巴不得叫亲爹的。

贺羽丰盯着棋盘，嘴角挤出三个字说：小日本！

慢慢地，老唐就轻声细语地透露，自己是一个组织里头的。

组织你懂的，老唐说，就是要对付小日本的。我呢，是里面的一个委员。委员嘛，差不多就是领导的意思了，当然，也不是那种最主要的领导。老唐又补充了一句：这话可不能跟外人讲的。

所以，我可以称你为委员唐，听来就像委员长。贺羽丰从棋盘上抬起头说，外国人都这样的，姓摆在后面，就像你也可以叫我羽丰贺。

老唐觉得时机成熟了，于是抓住机会讲解了一番当前的国内形势，比方说眼下小日本想要打通南北运输线，再比方说第九战区的薛岳部队在长沙迎着日军打得不可开交，最近的消息说，我们节节胜利。

但日军也说他们胜利了。贺羽丰说。

还有这样的事？真是无耻！老唐在桌上捶了一拳，棋盘里的一只马腾空跳了起来。

贺羽丰将马挪回到原来的位置，说，最近日本人的飞机又夜袭重庆，较场口大隧道发生了窒息惨案，市民死伤一万余人。

对了，你说我要是把这枚炮沉底了，你还有救吗？贺羽丰问。

一万余人？天杀的，狗日啊！

老唐抬起的拳头又将砸向桌面时，贺羽丰提前护住棋盘说，拜托，轻一点轻一点，这里不是重庆。

贺羽丰又说，我说唐委员你能不能沉住一点气？这棋下了一半，仗也才打了一半，国际形势会对我们有利的。

老唐这回不知道下面的话该怎么接了,关于国际形势,他觉得可能贺羽丰是比他了解多一些。老唐于是拎起泥壶,给贺羽丰续了一回凉水。

贺羽丰推掉棋子说,输了不要紧,你还可以再来一局嘛。

老唐最后一次找到贺羽丰的时候,那一年的夏天显得特别冗长。将近傍晚的时候,老唐是引领着一群蚊子找到贺羽丰的。一路上,他一直在思考着一个问题。老唐远远地望见,已经被邻居认为是棋呆子的贺羽丰依旧盘腿席坐在门前的泥地上,眼前还是一局棋。

蚊子好像不爱吃贺羽丰的血,顾自在楚河

汉界上千军万马般嘤嘤嗡嗡。但老唐也发现，这个年轻人身上原本的上海气味的确是减损了一些，现在看来，顶多像一个县城青年。这么想着的时候，老唐就又找回了唐委员的自信，就比如他相信，这么多的花花蚊子，是天空要来一场明确的雨了吧？

事实上，这段时间里，老唐虽然很久没来了，但贺羽丰却在背地里连着给他取了两个外号，一个是叫唐三斤，另一个是叫唐纳德。他之前对灶间里的姐姐赵亚晴说，其实自己更喜欢后面的一个。赵亚晴头也不抬地说，你把那瓶酱油给我拿过来。

贺羽丰之所以叫老唐为唐三斤，首先是因为《西游记》里的唐三藏。不过，你有没有发觉，贺羽丰对赵亚晴说，老唐骨瘦如柴，身轻如燕？赵亚晴说，你跟你姐夫一个德行，背地里使坏，从来不安好心。

至于唐纳德，那完全是因为贺羽丰记忆中迪斯尼电影的那只唐老鸭，总之，也是两条细长的腿。但赵亚晴是不知道唐老鸭的，她只知道，丈夫不在家，自己不能像别的女人那样，只顾着养鸡养鸭。

老唐在那天的夕阳里躬身下问，你这是在和谁下棋？

贺羽丰仰起头，发现老唐更瘦了，一张脸瘦得像木刻画一样，是委员唐啊，你差点吓到我。我在同我爹下棋。

老唐觉得，贺羽丰的话语要比之前柔和了。

你爹？我说你是不是傻了，你爹不是早就不在了吗？

我爹不在，但不影响我和他下棋。他要是还在，我就和他躺在床上下盲棋。

盲棋你晓得吧？贺羽丰说，棋盘在心里，一招一式用嘴巴唱出来。

你爹就不怕你偷棋？

老唐的意思是贺羽丰会将被他爹吃掉的棋子重新摆回去。这回，贺羽丰用眼角的余光剜了他一刀。他记得老唐曾经当着赵亚晴的面说笑过一次，说他去了一趟上海，竟然改成了姓贺，把亲爹也给换了，当心你爹从地底下惊醒，推门进屋对你作个揖道：贺公子！

老唐当时就是这么玩笑的。

所幸老唐还是略有棋艺的，贺羽丰也不跟他计较。挥赶了一把蚊子后，贺羽丰手指棋盘，牵着老唐的视线说，你看这局棋，之前明显是我占上风，可我爹当初就把这枚炮落到了这个位置，我到现在也想不出怎么才能破了他。知道吧，这是天地炮，是不是很绝？

老唐说，你先把棋盘收一收，我要同你说件要紧的事。

没关系，你说就是了。除了下棋，我没觉

得还有什么事是要紧的事。

老唐说,你还是把棋子收起来吧。

贺羽丰不情愿地将老唐引入屋内,站着等他说话。老唐说,你坐呀。

老唐慢慢地严肃了起来,屋里的安静像一杯隔夜的浓茶。

浓茶一样的老唐沉默良久,欲言又止。这种时候,他一般会伸出手指,推推鼻根处的那副圆框眼镜,虽然,镜片并没有往下滑的意思。贺羽丰觉得,还真像是一只唐老鸭。

愿意杀人吗?老唐突然就冒出一句,惊醒了地上几只刚躺下的鸡。

你没事吧?老唐,唐委员,我们家每年过年杀鸡也是我父亲动手的,他说我这辈子只适合下棋。

老唐看了一眼原本睡眼惺忪的鸡,它们像是商量好似的,醒来后一起喷出一堆新鲜热腾腾的屎。

要杀的,是替小日本卖命的中国人。老唐盯着那堆鸡屎说。

那是该杀。双炮沉底,杀他个片甲不留。

只要你愿意,从今天起你就算是我们的人。军统局有个刺杀行动,上头问我的意思,我答应了,可以把你借出去。

借出去?你跟你们的主要领导就是这么商量我的?

你对上海那么熟,很适合。明天就出发,路费我们出。

拜托你小声点,别让我姐听到。贺羽丰又说,你是说去上海?带把枪?

贺羽丰记得,陶大春是有一把枪的,在上海有一把枪的确是挺好的。

那你是不是把枪带来了?拿来我看看。

老唐即刻打断说,没有枪!

没有枪？贺羽丰冷笑一声说，唐委员，你是让我抓一把棋子去把对方给砸死吗？

老唐扑哧了一声，像一个漏了气的皮球，说，你真是幼稚。那上海滩，你能进，枪也能进。但你带着枪，就能一齐进？

老唐搞得自己像更加熟悉上海似的。此后的很多个阴雨绵绵的日子里，每当回想起老唐这一天说过的话，贺羽丰就忍不住又在心底里骂他几句唐三斤或是唐老鸭了。

老唐那天最后跟贺羽丰说的是：既然你这么喜欢下棋，那么，就把这副象棋给带上吧。

老唐的话还没说完，天空就滚过了一阵雷。雨点急匆匆降落时，挽着裤管的赵亚晴头顶着一个斗笠进了家门。贺羽丰接过她手中的菜篮说，姐你是什么时候出门的？

那天夜里，赵亚晴最终听出了原来是贺羽丰又要出门。她像丢下一个鞋帮子那样丢下一句话说，天要下雨，我管不了你。又说，你跟你姐夫一个德行，心在外面，家在上海。

7

北斗行动失败后的第九天，陶大春向重庆建议，是否可以争取延安那边的支持？其实他心里已经有答案，朱修阳就是不错的人选。

计划走得很顺，朱修阳也在没几天后就收到了领导的亲笔信，送信的是一个之前未曾谋面的交通员。和组织的交通线算是恢复了，并且又有了新的任务，朱修阳彻夜兴奋。第二天的石浦棋社里，他和陶大春各自动手炒了一个热菜。酒杯满上后，朱修阳说，今天我先敬你。

两天后，棋社门口又出现了那个肩挑茶叶

担的交通员。他站在棋社门口,看到朱修阳穿着灰色的长衫摇摇摆摆地走了出来。朱修阳略微愣了一下,随即笑了。

在棋社的一个小包间里,交通员喝了一口刚刚泡上的绿牡丹说,组织上觉得,既然是棋社,就得配个像样的棋手,而你又下着一手臭棋。

朱修阳诚恳地点头。

所以,组织决定给你增添一个帮手。

朱修阳再次点头。

话说在前头,新来的同志只是棋下得好,但不够成熟。所以,往后的事,你得上点心。

交通员说完,一口气喝干了杯中新泡的绿牡丹,说,不错,这茶的确不错,但你还是得上点心。

事实上,交通员的党内资历和战斗经验都比朱修阳高出了一截。朱修阳后来站在棋社的门口,高声喊,下次再弄点好茶叶来,要好的龙井。在朱修阳响亮的声音里,交通员肩挑着茶叶担越走越远。

于是,第二天的下午,朱修阳叫上陶大春,顶着烈日直奔火车站。他对陶大春说,我更有信心了。

比起浙西来,上海热得让人想要一头扎进黄浦江。坐在那截杭州出发的四面透风的铁皮车厢里,贺羽丰依旧觉得自己像是一条油锅里的鱼。但上海的确已经不远了,贺羽丰猛吸一口气,瞬间闻到了老唐说的大马路上的汽油味。阿苏应该还好吧?舞厅是要再去逛一逛的。这么久了,那辆红马牌脚踏车是该去同昌车行上上油了,不知姐夫有没有给它换个坐垫。贺羽丰再次长吸一口气时,车厢里弥漫着一阵法国香水的气味。睁开眼时,人已经不见了。

应该是一个打扮入时的女子，或许还戴着墨镜，就像她踩着高跟鞋正要踏进夜晚九点的仙乐斯舞宫。贺羽丰这么想着的时候，就从藤条箱里翻出了阿苏送的那副墨镜。在那股渐渐消散的香味里，戴上墨镜的他仰望了一阵窗外跳动的毒日，又抖了抖湿透的汗衫，顿时感觉也不是那么热了。

你这墨镜好久没戴了吧？车子正要进站时，一个声音在贺羽丰的背后响起。那时，香味更浓了。

你是在同我说话？

这车厢里，除了你，还有人戴墨镜吗？

其实，你也可以戴的。贺羽丰说。他又摘下墨镜，顿时明白了对方刚才的那句话，灰尘，你是说我的镜片上满是灰尘。

女人笑了一下，没有说话。

都被你看出来了，那就不戴吧。贺羽丰有

些自我解嘲地补了一句。

贺羽丰是在站台上才晓得对方是叫顾小姐的。那时,手中提着赵亚晴这回给他准备的一把油纸伞,让他觉得实在是多余。顾小姐的臂弯处,勾着的是一把撒满碎花的小阳伞。

你的油纸伞倒是很干净,杭州难道下过雨了吗?

又被你说中了,杭州最近一直下雨。贺羽丰抬头对着这天的日头说,说不定,上海也要下。

顾小姐停下脚步时,就有一个男人迎面走来接过她手中的皮箱,说顾小姐,不好意思,刚才路上戒严,来晚了一步。车子就在外头。

顾小姐这时才撑开手中的阳伞,对着贺羽丰挥手。他那时想,她的腰身好像是会说话的。贺羽丰的眼,小心翼翼地跟随她走过了一段路程,直到顾小姐打开坤包,戴上了一副墨镜。

哪怕是再多长出一千个脑袋,贺羽丰也绝对不会想到,老唐之前说过的,手里提着一个鸡毛掸子来接站的人,竟然是姐夫。

当初,考虑到朱修阳这里可能出现的阻力,组织上让交通员将这次接站的实情给隐瞒了。

站台上,一同出现在贺羽丰面前的陶大春搓着一双大手,眼里像在说,你瞧,他又回来了。醒悟过来的朱修阳转眼怒视着满脸油汗的陶大春,厉声道:怎么回事,到底怎么回事?

陶大春一把抢过贺羽丰手里的油纸伞,抬手将它盖在朱修阳的头上说,我哪能想到会这么凑巧。这么大的太阳,回去再说吧。

路上,朱修阳和贺羽丰一辆黄包车,陶大春和贺羽丰的行李是在另外一辆。荒唐,真是荒唐。朱修阳不停地重复着。他提起鸡毛掸子，几乎就要朝着贺羽丰抽打过去。

抬起手臂护住自己的墨镜后，贺羽丰叫嚷着说，姐夫姐夫，我姐让我给你带句话，她说你都三年没回去了。你要再这样下去，我同你说，她就要改嫁了。家里的几只老母鸡，你也别想吃了。

老母鸡个屁！那就让她改嫁吧！省得守寡！能活着就不错了！朱修阳咬着牙说。这回他手里的鸡毛掸子最终还是落在了贺羽丰躲闪过去的背上，一边抽一边咬牙切齿道，改嫁！我让你改嫁！

后来的路上，朱修阳收起了鸡毛掸子。路上有些颠簸，所以摇晃着的朱修阳斜眼望了一下天空问，之前你晓不晓得，来接你站的，就是我们？

我要是早就晓得了，哪里会满站台寻找鸡

毛掸子啊。我估计连唐纳德也不晓得,他还叮嘱我说掸子上的羽毛是红色的。贺羽丰又突然想起一件事,转头问朱修阳,对了,姐夫,你又是什么时候加入老唐他们这个组织的?这事情我姐她晓不晓得?

你别跟我提你姐,朱修阳一字一顿地说,你姐要是早点写信告诉我你要回来上海,你昨天就出不了老家的城门!

这你倒是不好怪我姐,是我骗了她的。我说你托人带了口信,说棋社里生意好,缺个帮手。我姐就说,那还等什么,你赶紧再回去啊。

朱修阳手里的鸡毛掸子又扬了起来。透过丝丝缕缕的阳光,贺羽丰看到那鸡毛掸子上的羽毛是红色的。贺羽丰闭上了眼睛,在黄包车的颠簸中,他摇晃着的声音响了起来:来吧。抽重一点!

就在这样的摇晃与颠簸中,两辆黄包车像两粒孤独的瓢虫,爬行在上海的马路上。是陶大春的车子先到的棋社,他从车上缓慢地下来,然后撑着贺羽丰的油纸伞恭候在烈日下。他十分安静,一言不发,像一根木头做的电线杆。风从他身上吹过,而他仿佛已经对即将到达的那对姐夫和小舅子望眼欲穿。

还没等车轮停稳,朱修阳就一步跳下了黄包车。他提着鸡毛掸子对着远处的陶大春喝道:陶大春,你听着,我今天跟你没完!陶大春站在油纸伞下咧开嘴笑了,说,老子奉陪!!接着是贺羽丰从黄包车上下来,他抬头看了看棋社的天空,皱了一下眉头说,你们真想要打一架的话,快点动手。别雷声大雨点小的,半天没有动静。

Hello，苏州河！Hello，Earphone！

上海，我贺羽丰又回来了！

谁也没想到，这一天的傍晚，上海人正在吃饭的时候，竟然迎面碰到了一场雨。雨脚是从苏州河的上空开始的，起初是很迅猛的样子，到后来慢慢收敛，淅淅沥沥的像是一场春雨。有人说，这才是上海的雨，是小姐太太们在麻将桌边嗑瓜子的样子。

雨一直延续到夜里，这让贺羽丰对站台上顾小姐的记忆又拉长了许多时光。顾小姐，Miss Gu。一头长发的顾小姐，紧身旗袍的顾小姐，腰肢能说话的顾小姐。最后，是身上有着香水味的顾小姐。

许多年后，朱修阳终于回想起，那个夏天里，回到上海的小舅子似乎另有一些别的心事,比如他会沿着苏州河边走边说走着走着就散了,回忆都淡了,看着看着就累了,星光也暗了。

再比如他开始买《良友》画报了。那些封面女郎,朱修阳觉着,差不多长着同一张脸。

事实上,贺羽丰那时也常会想起赵亚晴的那句话:你姐夫的心在外头。的确,他只听组织的安排,什么回老家,现在连屁都没有一个。

不过他也晓得的,姐夫从此和飓风队陶大春之间的关系,就不会那么好处了。

…………

哪怕是三刀六洞,死无完尸,我也要灭了李寻烟。陶大春那天在棋社里一副斩钉截铁的样子,说恨不得绑着雷管,现在就冲进76号炸碎他。

陶大春喝了酒,眼里尽是苍凉。他把酒盏重重地顿在了桌面上,像一头要咬人的狼。

事情发生在去年的10月,军统局本部译电科的电讯督查李海峰,因贪污一事败露,即将面对戴老板的家法伺候。而他其实原本就对抗战前途悲观失望,于是就逃离重庆辗转香港去了南京。在南京,周佛海指派他来到上海,让他为76号的电讯和密码撑起一个局面。

他于是改名李寻烟,被安排在了76号的特工总部的电讯处,并且直接分管设在南市警厅路集贤屯的无线侦察总队。行动处长毕忠良的皮鞋是在李寻烟到达上海的第五天后踩进他办公室地毯的，毕处长的身后，是一个在手上来回晃荡着理发剪的男人。毕处长说这是陈深，我把兄弟，咱们行动处一分队的队长，都是一个锅里吃饭的。

李寻烟早在桌前站直了身子，说毕处长陈队长，往后有何吩咐，李某自当效劳。

李寻烟看到陈深笑了一下，露出一排白牙。他不声响，只是那么很轻地笑了一下，两手插在口袋里，环顾着李寻烟的办公室。

后来陈深终于说，李处长，听说你的电讯侦缉车很灵的。

李寻烟也笑了，那是德国人的功劳……

朱修阳夹起一颗花生米说，大春，你还是多说说李寻烟吧。

陶大春又喝了一口酒。

原来，令军统局一筹莫展且羞于启齿的，是他们局机关译电科所有的报务员基本是李海峰的部属或是学生，大家通报的惯用方式，各自的发报手法、腔调，他都听熟了，耳梢一动就知道是谁和谁通报。一般所用的惯常密码，对他来说就是明码。要在短时间内换掉整个系统所有的密码本，或者退一万步讲，要让军统系统的新密码不被这个叫李海峰的人识破或者攻击，谈何容易？

哪里还有什么狗屁的秘密，沦陷区的工作开的是大天窗，人家就等着你把猪给养肥了，好摊到砧板上过年切肉！蒸熟了，一口咬下去，嘴上一把油！军统局局长戴笠在重庆罗家湾总部的一次会议上火冒三丈，顽固的鼻炎让他一连打了好几个喷嚏。揉了一把鼻子后，戴老板说，李寻烟，我是说李海峰，必须死！

但上海的砍头行动一再受挫。贺羽丰后

来终于晓得了,军统锄奸队先后从香港和重庆派出的两支暗杀队伍,最终都折戟沉沙。这其中,就包括陶大春的那次北斗行动。

那天晚上,陶大春的上司,也就是飓风队队长已经到了上海,七人小组成员一起去了大方旅社,碰头商量下一步的行动部署,虽然,他们最终还是没有联系上老爹。

东风不与周郎便,七人小组几乎被76号一锅端了。

分不清到底是谁开了第一枪,陶大春只知道队长在第一时间里抬手打碎了头顶的灯泡。紧接着就是死亡一样的静默。窗外四处靠拢的脚步声告诉他们,屋里的几把枪根本不可能是外头的对手。然后就是零落的杂乱无章的枪声响了起来。

巨门星,我们六个人掩护你,你什么也别管,把两腿都撒开了,赶紧跑!巨门星是陶大春在这次北斗行动中的代号,七个人的代号分别对应七星宫中的一颗,除了队长和陶大春,谁也不知道对方的真实姓名。

队长这么命令的时候,却在黑暗中寻找陶大春的呼吸,继而摸索着掰开他的手掌,在里头清晰地敲出了一组电码:有叛徒!

陶大春踩着队长的肩膀攀上了屋顶,在踩碎几张瓦片后纵身跃向地面。他在夜色中狂奔,没有方向,只是在衣袖里兜满了冷风。头顶掠过的子弹,像是一群被惊起后哗啦啦展翅的乌鸦。

三天后,《大美晚报》登载了这次袭击事件的新闻:特工总部夜捣群魔会,重庆方面总共六人毙命。这和陶大春了解到的实情是有出入的,坊间传言的是里头拖出了五具尸体。他也由此无比渴望活下来的是队长。可惜翻开报道详情后,迎面第一张照片就是躺在地上的队长。队长傲慢的身体像是一棵不情愿被放倒的松树,脸部却因为失血,缩成了一捆骄阳下的白菜。

10

这次几乎完美的夜袭令李寻烟去得意满,他就不信世上还有割不完的头颅。唯一的遗憾,是来自现场的脚印提取,起码还有一个漏网者。他的判断在七人小组被他收买的一个内线里得到了证实。五具尸体被草草埋下后,那个始终不敢抬头的内线,将小腿抖得像米筛一样快速。李寻烟即刻对他失去了兴趣,但他还是优雅地问道,你再仔细想想,还能记起逃脱者的长相吗?哪怕你不知道谁是巨门星,总共六张脸,除了地下的那五张脸,剩下的那张就是啊。对方像双合盛五星啤酒瓶一样的脑袋还是摇得像一株疾风中的墙头草,战战兢兢地说,我那时都不敢看他们的脸,就怕被他们记住。

李寻烟于是向身边的助手冯宝使了一个眼色,冯宝当即心领神会,将一颗子弹毫不犹豫地送入了米筛的后脑。

冯宝吹了吹冒烟的枪口,地上又是一摊血。李寻烟像立在棚厩下草堆前的一匹马,沮丧地喷了喷鼻孔。

"换一个地方活着,你会发觉生活是另一番滋味"。这是李寻烟在劝降军统被捕人员时常说的一句话。他也习惯在刑讯时,嚼着嘴里的橄榄,对着墙壁声情并茂地吐露自己的感悟:我很不理解,为什么这么多人都觉得活着是一件更加残酷的事?其实,我们都会活得很短,今后有一大把死去的时间。

加入了李寻烟的76号电讯处，对军统飓风队和中共地下组织的清除如风卷残云般。李寻烟不仅负责了电讯侦缉，而且经常出现在刑讯室里，审问嫌犯。他经常督促极司菲尔路55号毕忠良的行动处和76号的直属行动大队。他像长了一只魔手一样，坐在他的屋子里，却摧毁了无数的情报机构。用毕忠良的话来说，势如破竹啊！

事实上，李寻烟也十分清楚自己当下的处境，他能感觉到几千公里外重庆的军统局每天都提着大笔在他曾经的档案上画上一道道黑叉。但他依旧风轻云淡地热爱着桌面上的生活，每天的早餐里，他照常给自己安排着热牛奶、荷包蛋，还有西式面包。除此之外，他也学着蒋委员长的派头，外加一碗小米木瓜粥。早在重庆军统局本部服役时他就听说，木瓜对委员长糟糕的肠胃很有益处。

但生活毕竟缺不了遗憾。很多时候，李寻烟都会将自己独自锁在办公室里，双眼不离桌上的两张照片。照片中的那张合影，是他和之前的妻子安娜，两人依偎在1931年3月的杭州拱宸桥运河边。往事依稀在目，安娜脱俗的美貌和过人的机智曾是他写在脸上的骄傲。妻子当初那样执着地爱慕并且追求着他，哪怕是在初春萧瑟的运河边，有孕在身的她依然在眼中开放出动情的满足和喜悦。

可是几个月后，就在杭州城北家中潮湿的客厅里，面对重新出现的丈夫，妻子嘴里吐出的却是两个耳光：无耻！

李寻烟最初加入的是中共上海特科，1931年的顾顺章叛变事件后，来不及撤退的他在被捕后的第一时间就转向了当时的国民党蓝衣社。

站在拱宸桥阴雨天里的安娜，最终无可挽回地转身，临走前留下的几句决裂的话语依旧落地铿锵:我们本应该是良心的仆人,可你却卖主求荣,一转身成了灵魂的二道贩子。我已经颜面无存,躺在我肚里的孩子也永远不会知道有你这么一个拙劣的父亲……

那天上午,李寻烟在办公室里一幕幕回想起安娜讲台前的眼神(她曾经是运河边学堂的一个音乐教员)、安娜在他晚归后忙碌地穿梭在灶间、安娜靠在沙发上抚摸着渐渐隆起的小腹。然后,他的眼光最终落在了另一张照片中的女孩脸上。

冯宝就是在这时闯了进来,这家伙已经习惯于不敲门就直接朝他靠近了。李寻烟瞥着他气喘吁吁又旁若无人的样子,随口骂了一句,你越来越像一截滚圆的冬瓜了。

冯冬瓜张嘴就说,晓陌在外头呢,她叫你出去。

李寻烟问:她没说什么事吗?怎么直接跑

这儿来了?

冯宝说,我问了,她不说,只说是要见你。

冯宝又说,哥,她那脾气,你最清楚了。

李寻烟说,大宝啊大宝,我跟你说过多少次了,在这个院子里,别再叫我哥。

冯宝回答说,这回记住了,哥。

李寻烟又是一副傲人的姿态,说,冯宝你给我记住,以后找女人,别找像顾晓陌这样疯疯癫癫的。

冯宝说,这个也记住了,哥。

李寻烟向外走去的时候,冯宝掀起黑衣短褂的下摆说,哥,我觉得我其实更像一个葫芦。你看我是不是屁股滚圆肚皮饱满,但腰身这里却是瘦下了一截的?

那你就赶紧滚一边去。李寻烟讪笑着,抬脚欲要踢向冯宝转身后的屁股。冯宝露出两颗兔牙欢快地跑开了。

11

顾晓陌那天穿了一件下摆开衩很高的旗袍，这让人觉得她的大腿是那样的一览无遗，风从她最光洁的那截皮肤上跑过，仿佛让这个夏日里的阳光也有了别样的风情。她因为趴在76号二门的砖墙上，于是就向身后的卫兵展现出了紧身旗袍里更多一些隐藏的风景。那时，她浑圆凸翘的臀部更是令人过目不忘。穿过门房的机枪眼，她豪爽地将手里的一包瓜子分发给房内的特工，并且一边吐着嘴里的瓜子壳，一边好奇地向卫兵打听：兄弟，你说这机枪得有多重啊？是哪个国家产的？

她随即将剩下的瓜子换到了左手，腾出的右手再次伸进机枪眼的窗口，像是久别重逢的亲人一样热情忘我地抚摸起机枪的枪管，嘴里由衷赞叹道，真是一个好家伙。

这一幕，都被疾步而来的李寻烟看在了眼里。

顾晓陌吐出一个瓜子皮，抬起头说，姓李的，让我等了老半天，你终于出来了。

李寻烟一把抓起顾晓陌的左手，将她朝着特工总部大门的方向推搡过去。侧反着身子的顾晓陌几乎被扯在了半空中，她像是被李寻烟提在手里的一只猫，也或者是被他抓住的一只风筝。但她还是边退边叫，瓜子，我的瓜子掉地上了。李寻烟，你抓得我好痛，就不能轻点吗？

走出大门的时候，李寻烟用另外一只手指着顾晓陌昨天刚烫起的卷发，对着身后的门岗一顿呵斥，是谁同意让她进这道门的？她有出入证吗？她有吗？

顾晓陌对着李寻烟的耳根,一阵呵呵浅笑道,你今天在门岗面前对我这么鲁莽,你还真会装。

在极司菲尔路的街面上,李寻烟放开了鹰爪一样的手,说,顾晓陌,你真是胡闹!

顾晓陌却说,瞧你这急性子,刚才臭骂那些门岗又何必呢?他们让我进去,还不是抬举你,给了你面子?

顾晓陌随后从手提包里掏出了一把橄榄,放进了李寻烟的手里。她说,你昨天没回家,我怕你的橄榄不够了。

李寻烟问道:你只是来给我送橄榄吗?

顾晓陌又说,还算你聪明。实话告诉你,我没衣服穿了。上海那么热,我要买新衣。给我钱!

你就没有哪一天是有衣服穿的。一年到头只有三个字,买衣服买衣服。

顾晓陌抢着说：你刚才说的是六个字，买衣服买衣服。还有啊，我其实更须要买鞋子。

顾晓陌又继续说，还有的还有，我穿得漂亮点，还不是为了你吗？谁让我是你的女人呢？有种你休了我。

李寻烟从口袋里掏出一把中储券说，你有完没完？休了你？想得美！

顾晓陌抓过李寻烟手中的纸币，说，你要敢休了我，我就当着你的面，对着满上海的男人抛媚眼、吹口哨。哈哈哈。我还专挑那些长得比你还丑的男人，歪瓜裂枣的男人。哈哈哈。

李寻烟折回院子后，顾晓陌挑剔地瞪了一眼76号的院门。她那时似乎听到院里传出了几声惨痛的吼叫，她知道，这是又一场刑讯摆开架势了。烈日下，76号门牌上的"天下为公"四个大字顿时令她晕眩。但她也知道，刚才给李寻烟送来的那些橄榄马上就能派上用场了。

一个多月前,李寻烟常暗地里苦恼,他埋怨自己的喉咙里总是有一股铁锈味,甜腥得让他发腻。时间久了,还恶心,喝再多的水也无济于事。

顾晓陌就说,你那是血腥味。

李寻烟于是想起,这股味道的确弥漫在刑讯室的每一处地板和墙壁上。

李寻烟问,你是说我手上沾的血太多?

顾晓陌说,我没说,是你自己说的。心里有鬼,自然到处遇见鬼。

第二天,顾晓陌将一颗橄榄送到了李寻烟的手里,她说,嚼嚼看,还有没有那味道?

李寻烟照做了。一口下去,青涩的橄榄呛得他叫苦不迭。

李寻烟真正下定决心占据顾晓陌,就是从这一颗橄榄开始的。他嗓子里的铁锈味从此淡了。

12

后来有一天,顾晓陌走在极司菲尔路上时,差点被一辆急速而来的脚踏车迎面撞倒。尽管她晃了晃,最终还是踉跄着站定了,但车子的脚蹬还是擦去了她小腿上的一层皮。

那时,她正低头扯下新旗袍前襟上一根细小的线头,嘴里哼着甚是悠扬的小曲:"玫瑰玫瑰最娇美,玫瑰玫瑰最艳丽,长夏开在枝头上,玫瑰玫瑰我爱你。"

顾晓陌就这么没心没肺地陶醉的时候,想起的是自己在圣约翰大学的那段青葱时光。战火还未到来时,放学的她,和同寝室的女孩划着小船渡过波澜不惊的苏州河,一群西装领带的灿烂男生则与她们保持着一段不变的距离。小船在河中摇摆,她们唱着昨晚电台里姚氏孪生兄妹的情歌,男生们则吹起了一阵口哨。不远处,那个可爱的校长——细瘦身躯的卜舫济牧师也正走上桥头,胸前一如既往地像抱着《圣经》般,抱着一本让顾晓陌们心醉神迷的英文原著。那是校长的美国同胞——玛格丽特·米切尔写的《飘》……

顾晓陌猛然抬头时,减速后的脚踏车在她身前一艘小舟一样风平浪静地摇摆了过去。在一场突然吹起的凉风中,她目睹了阳光下脚踏车亮闪闪的钢圈和车主修长结实的双腿。随后,年轻人又在几米外兜了一个弧线,掉转车头回到了顾晓陌的身边。这让顾晓陌觉得眼前像是突然长出了一棵柳树。她甚至忘记了小腿上的疼。

车上的青年踮着一只有力的脚尖说,这

位姐姐，方才不好意思，差点撞到你。没吓着吧？

顾晓陌的目光像一只收起翅膀的蝴蝶，停落在眼前的柳树上。她又闪了闪睫毛后才说，你长得这么俊，撞到我是我的幸运。

青年显然是被顾晓陌逗乐了，他说姐姐真会讲笑话。你刚才唱的玫瑰玫瑰让我听走神了，还以为碰到电台里的原唱姚莉小姐了。他随即摘下头上的鸭舌帽，颔首致歉，又是春风一样的笑脸。

呀？怎么是你啊？墨镜！油纸伞！

贺羽丰也是在这时才醒悟，原来那天站台上的顾小姐已经将披肩的长发烫卷出了一个大波浪。突然之间，他感觉有点局促。

你不会是在跟踪我吧？顾晓陌乐了。

像是被猜透了心思，贺羽丰有过一时的语塞，虽然，他这一天的确只是骑车观光一番久违的上海。

顾晓陌拍拍贺羽丰的车把手说，怎么，还真被我说中了？

贺羽丰笑道，我来是想告诉你，上海接下去不会再下雨了，但是会起风，所以……

所以什么呢？

所以你可以戴上墨镜。

嗯，好大的一场风，我刚才就被你刮到了。顾晓陌斜倚身子，理理被风扬起遮挡在眼前的碎发，告诉姐姐你的这阵风是什么名堂，说不定改天跟你学车技，顺便吹吹风。

贺羽丰，恭贺新禧的贺，羽翼渐丰的羽丰。

嘿！原来是另一场风，又是恭贺新禧的贺，我原以为是白鹤亮翅的鹤呢。

你这想法有趣，但只听说过姓白马的马，哪里会有姓白鹤的鹤的。

贺羽丰这么说完的时候,终于发现了顾晓陌小腿上流成一条蚯蚓一样的血。

啊呀,你流血了,我得带你去包扎。

顾晓陌急忙腾出一只手,抓住贺羽丰脚踏车的后座,她有点晕血。

回过神后,顾晓陌才说,看来你的眼里也怕见到流血。这么着吧,我们一起去喝杯咖啡压压惊。

要是一杯咖啡就能谢罪,我自然求之不得。

那还愣着干吗?没看见我穿着旗袍吗?抱我上车。

贺羽丰平生第一次抱起了一个成熟的女人,这张脸,他已经在心里安放了多日。他记得顾晓陌那时的手像一条丝巾一样缠绕在自己的脖子上,为了方便她能坐上自己送过去的臂弯,她又像是掀开了一段窗帘般稍稍掀起了旗袍的后摆。抱着顾晓陌坐上脚踏车的那段短促的时光，在贺羽丰的记忆里长成了最漫长的甜蜜的记忆。

那天的起初，贺羽丰的车子骑得歪歪扭扭的，他似乎是使不出劲。但后座上的顾晓陌却催促着他用力踩。她说你是在磨洋工吗？拜托你骑快点，这么慢又有什么意思的。

贺羽丰于是在坐凳上半抬起了身子，他说姐姐那你坐稳了。脚踏车开始加速的时候，顾晓陌的双手几乎从身后抱住了车子前方的这个男人。

街面上的风哗啦啦一阵。

头顶的天空比去年的还蓝。

顾晓陌显然是凯司令咖啡馆的常客。她让服务生送来了酒精和药棉,又让贺羽丰蹲下,给自己清洗伤口。她对着服务生说,麻烦你死死地盯住他。

贺羽丰抬头,满脸的不解,说盯死我干什么?

我是怕你会给我下毒。姐姐还这么年轻。哈哈哈。

顾晓陌说完,在座席里仰着身子又笑了一次,像一朵颤抖的花。

顾晓陌接着让服务生换掉留声机里正在唱着的外国歌曲,她说自己还是要听那首歌:《雨不洒花花不红》。柔软的唱音传出后,贺羽丰听清了唱机里的歌词:

你是天上一条龙，
我是地下花一丛，
龙不翻身雨不下，
雨不洒花花不红
…………

这天的后来，顾晓陌翘着那只受伤的脚，品着咖啡，漫不经心地问贺羽丰，雨不洒花花不红，但我现在有个问题，你说如果有一朵花是喝着咖啡的，它也能红吗？

哪怕是沙漠里的仙人球，它也照样能开出红色。贺羽丰咧开嘴笑了，我记得还有一种花，它是叫沙漠玫瑰。传说只要你能在旅途中见到，保准一辈子都能很幸运。

那天贺羽丰长久地握着那只脚，小心地清理着顾晓陌小腿上的伤口。顾晓陌身上慵懒的香味在贺羽丰身边绕来绕去。贺羽丰不由得皱起了眉头。顾晓陌有些不以为然地说，怎么着，我的脚有那么臭吗？

贺羽丰的目光从顾晓陌的脚上抬起来，一字一顿地说，我是在想，明天没有伤口可以清理了，我可怎么办？

———— 14 ————

李寻烟那天回到家中时，看到顾晓陌像一只懒散的猫，她那时正蜷曲在沙发上捧读着一本线装书。

顾晓陌说，回来了？

李寻烟上前，抽出她手中的书。书名是《间书评说》。李寻烟读过清人朱逢甲的《间书》，那是在军统短训班的时候。他依旧记得书中那些古人的名字，比如说孔子的弟子子贡、淝水之战里的朱序，还有那个令他印象深刻、出卖赵国的贪财丞相郭开。为了求证自己的记忆，他翻开这本后人编撰的《间书评说》，里头的第一句是"用间始于夏之少康"。

知道了吧？你最早的间谍祖师爷，是夏朝一位名叫少康的君主。顾晓陌说。

李寻烟接下去的视线被书中一张面容姣好的女人画像所吸引。那是商汤安插在夏桀身边的"内间"，叫妺喜。

妺喜，居然还有这样一个女人？我怎么把她给忘了？

顾晓陌摇头道，看清楚了，人家那个不是妹妹的妹，它念末，末尾的末，顾晓陌的陌。

李寻烟再仔细看，原来还真不是"妹"字。

李寻烟又用异样的眼光打量着顾晓陌，像是在说，你怎么看这种书？

顾晓陌在沙发上坐直了身子道,你当你的间谍,我看我的《间书》,会很奇怪吗?

顾晓陌的手随后绕到李寻烟的后腰,将他拉到了沙发上。她将一对傲人的胸盖住了李寻烟的眼,拉长了嘴角说,知道吧?《间书》里还丢了一间,美人间。

李寻烟解开顾晓陌睡衣前的两颗扣子,将头整个埋了进去。这样的压迫虽然让顾晓陌呼吸困难,但却感觉舒服。她说我都快要发霉了,白天一个人睡,晚上陪你睡。现在,你连晚上也像蚊子一样飞得不见人影了,房间里只有你的嗡嗡声。

李寻烟却说,其实我也是孤魂一样在那个院子里,心思都在你身上。如果可以,我愿意天天陪你睡,不用下床,从今天一直睡到秋天。

顾晓陌叉开手指捋了捋长发,让它们都盖

到了李寻烟的后背上,说,你这谎言听着就像是新月派的诗。我看《间书》里头,所有男人嘴里吐出的,就没有一句是真话。

你再这样不管我,我都想变坏了,从头坏到脚,看你怎么收拾残局。顾晓陌又说。

李寻烟将腰间的一把枪取下,搁在床头,又将顾晓陌一把推倒在了沙发上,说,你现在越来越不省油了,都是看书给看坏的。

沙发上等待的顾晓陌,眼睛依旧不离那把枪。她见过李寻烟的很多佩枪,但最喜欢的却是这一把,多么小巧。

这把枪长得那么好看,我喜欢死了,你把它送给我吧。顾晓陌说。

李寻烟呼吸急促着道,晚上,我要带你去一场酒会……

那天的傍晚来得很晚。因为离酒宴的时间还早,安顿下来的两人于是在床上摆开了象棋。李寻烟拿掉了自己的一枚车和一枚炮,让顾晓陌先走。顾晓陌说不行,要不你再拿掉一匹马。

李寻烟照做了。他一直有棋瘾,却已经很久没下了。

顾晓陌在很短的时间里就连输了三局,她问李寻烟,自己是不是可以开始化妆了?

李寻烟点头。

套上睡衣的顾晓陌,像一条刚捞上岸的湿滑的鱼,蹦跳着离开了床。就在赤脚踩过沙发的时候,她随手顺走了那把小巧的手枪,煞有介事地将它插进了睡衣的口袋里。

李寻烟望着她的背影,像是无奈般地晃了晃头。他放不下的顾晓陌,正是眼前这只野兔一般的顾晓陌。

十多年前平淡无奇的生活里,自己和安娜曾是两棵相依为命的树。而现在,他和顾晓陌则像是季节里的两片落叶，碰巧在树底下相遇。很多时候，他又觉得自己在76号的白天里胆大包天。而一旦夜幕降临，他就处处胆小如鼠。如果不是这个家的周围每天都穿梭着特工和警觉的狼狗，自己可能随时无缘见到第二天的黎明。

活在当下似乎是一件偶然的事情。而他每一天里的努力，就是必须将一次次的偶然拧在一起，插进土里，成为盘根错节、遮风挡雨又是坚不可摧的必然。

他又不禁挂念起了安娜。

顾晓陌从浴室里出来时，李寻烟最终发现了她腿上那个被脚踏车的脚蹬刮擦的小小伤口。

怎么回事？他问。

顾晓陌却只是随口应道，被日本人给咬的。

你是在取笑我替他们卖命？李寻烟的脸

上有了一丝不悦,你以为中国人就比日本人善良、博爱?我看未必!

沙逊大厦华懋饭店顶层的酒会大厅里,还没等李寻烟介绍,顾晓陌就热情地向宪兵司令部的清水中佐迎了上去。哪怕是在饭店厚重的波斯地毯上,她的高跟鞋踩出的脚步也还是笃笃有声。顾晓陌边走边褪去手上的黑丝手套,她勾在臂弯处的坤包于是跟随着紧身旗袍的腰肢一起,左右扭动。

李寻烟急忙追了上去。

顾晓陌站到了清水身前。她说,您一定就是清水先生吧?我们家老李经常提到您。您还得从杨浦赶过来,真是不好意思。

一身军装的清水第一时间露出喜悦的笑容,他说那么你一定就是顾小姐。我告诉你,我很喜欢让司机将车子开上外白渡桥,你知道吗?望着苏州河沿岸的水波潋滟,那是一种享受。

没想到您不仅年轻有风度,还那么有涵养。顾晓陌说。

清水随后抬起右手的臂弯,将它搁在半空中,交给眼前花枝一般的女人,剩下的那只手,准确地盖上了顾晓陌裸露的小臂。在通往包间的路途上,清水止不住地赞叹,他说顾小姐,你真是个大美人,是我们大东亚共荣圈的骄傲。

望着顾晓陌和清水缓慢而从容地向前走去,他们穿过了人群,像是穿过树丛走向一片阳光下的雪地,李寻烟的目光慢了下来,那一刻,他可能比嚼了一袋子橄榄还要酸涩。

李寻烟酷爱象棋。新一轮砍头计划的第一步，是在石浦棋社里摆擂，以此来试图吸引到他的出现。

几天后，陶大春在棋社里问贺羽丰，你应该还不会开枪吧？

贺羽丰眼望着姐夫，不知如何作答。

陶大春说，这得赶紧学。改天我给你送一把"菊花口"过来。枪得常常摸着，不然它就不认得你的手。不认得你的手，它就不是你的枪。陶大春侧身抽出腰间的一把花口撸子，摆到贺羽丰的眼前，说，你先感受一下。

贺羽丰正想伸手去抓时，朱修阳立即喝道，陶大春，将你那块铁给我收回去。还轮不到他开枪。

陶大春落得个没趣，抓了把鼻头后，从上

衣口袋里掏出两张照片,分开摆在了桌上。这张小的,陶大春说,是李寻烟留在军统档案里的,我们给重新翻拍了。这一张,他又说,是最近在上海街头偷拍的,他刚下车。我们费了很多周折,总算在远距离蹲点,但也只是他的一个背影。

陶大春问贺羽丰,你记住了吗?

你说呢?贺羽丰道。

陶大春于是收起照片,随即掏出一盒火柴,将它们点燃。

贺羽丰曾经设想,如果李寻烟真能来棋社,那么用匕首肯定是不行的。自己首先得站起身,越过棋桌刺向他的前胸。但这简直是卓别林电影中的一幕笑话,李寻烟又不是一个稻草人,会坐在对面恭迎他的刀尖。而且,如果是一张大棋桌呢?自己能确定送出的刀尖抵达他的胸口吗?即使老天爷真的给了自己运气,那又能剩下多少力度?贺羽丰握了一把自己的右手,对此没有足够的自信。那就只能是开枪了。但也不能把枪口举到桌面上来吧,李寻烟的眼力比鹰还好,一旦你有了拔枪上台的姿势,他会躲闪得比兔子还快。必须是在棋桌下开枪。但又如何能躲过他灵敏得像狼狗一样的耳朵去拉动枪栓呢?

几乎是不可能的,除非,爹的坟口冒出了青烟。

最最关键的是,李寻烟要是真的上门,难道他会是单枪匹马?而一旦自己的贸然行动露出了端倪,那么双手奉上的起码还有姐夫的一条性命。

都必须好好地活着,贺羽丰对此坚定无比。

李寻烟的照片在烟缸里化成了一团灰,陶大春朝里头倒下半杯水。他说自己已经准备好象棋擂台的广告纸了,明天就可以到极司菲尔路上去张贴。他希望这消息能早日传到李寻烟的耳朵里。他似乎已经看到李寻烟踩上了自己为他铺设好的那条通往陷阱之路。

笑话！朱修阳说，老兄你的广告单只出现在极司菲尔路上，李寻烟怎么想？这样的破绽，说不准就提前把我们给卖了。

这又不行那又不行，那你说该怎么办？

朱修阳点起一根烟，说，起码得把广告做到《申报》和《大美晚报》上去。

——◆•◆ 16 ◆•◆——

按照朱修阳的想法，棋社的擂台在恰当的一天里开张了。那天，为着是否应该点放鞭炮的问题，朱修阳和陶大春之间又有了一场争执。陶大春坚持不能放，因为那样势必引来巡捕房的滋扰。自打鬼子占领上海后,整座城市都禁燃鞭炮,你甚至可能找不出一个鞭炮。那就敲锣打鼓,我就是巴不得巡捕房和宪兵队一起拥过来,朱修阳说,最好让整条苏州河里的鱼虾都知道,让李寻烟当天就知道。

早一天来人,早一天超脱。朱修阳又冷冷地说。内心里,他其实并不赞同组织上同意并且安排自己少不更事的小舅子去执行这样一次几乎是没有成功可能的刺杀,在他看来,哪怕是寻得了动手的机会,贺羽丰也很难有活下去的可能性。他一直反对那种不计后果的舍生取义,勇敢并不等同于蒙住双眼去蛮闯,应该以周到细致的精算为前提,革命的关键是留住青山上的本钱。他而且还有理由相信,一旦战火熄灭,自己的小舅子能在日后的上海滩前途无量,既是为国也是为家,做更多的大事。

更何况,贺羽丰还不是组织里的人手,上

头其实可以先征求一下他的意见。

但所有这些别人眼里的废话,他又能跟谁去说呢?现在,也只能被组织和军统飓风队的陶大春推着走了,有一步算一步。

后来的事实证明,如果巡捕房真的因为鞭炮的事情赶过来阻止,或是在带走人后又向他们伸手要钱赎人,这钱,他们还是给得起的。

也就是短短的十来天时间,贺羽丰就攒下了大把的钱。纸票像是载满了苏州河上的小船,朝着他们面带笑容地游过来。表情一直很僵硬的朱修阳那天终于打开话匣说,你知道黄浦江的水为什么这么黄吗?贺羽丰摇头。

那是因为苏州河一路给我们送来了黄金,许多金粒子我们都没来得及收,就被冲进黄浦江了。

由于战事的原因,上海滩象棋俱乐部的许多老牌棋手早就退居去了后方,留下的一批喜欢下棋的，棋艺实在不堪一击。刚开始，贺羽丰还是一个个轮流着陪他们下，但这样的确太过浪费时间，一天里也就只能赢上个二十来局。于是，贺羽丰后来干脆向姐夫提议，自己何不同时应对五个挑战者？这样，还可以提高赌注和输赢率。

朱修阳提着手里的几根大黄鱼（金条）说，你是想成为翘脚沙逊吗？我们不是提着麻袋来上海滩收钱的。

翘脚沙逊是上海滩商界呼风唤雨的跛脚犹太人，沙逊家族的后起之秀。除了华懋饭店，租界各地曾经遍布他的产业。淞沪抗战后，维克多·沙逊大量抛售手头企业和投资公司的股票，据说带着一车皮的黄金一瘸一拐地离开了上海。

但贺羽丰却与姐夫有不同的意见。他说我们跟钱又没仇，你就不喜欢听到大洋在口袋里相互撞击的声音？再则，加大赌注和输赔率的消息更容易让李寻烟听到。

他又恰到好处地补充说，我们得借鉴上海滩的那些歌女。歌女名利双收，还需要在静安寺路上的不同舞厅里赶场，而我坐在棋社里，只须来回挪一挪屁股。

朱修阳已经没有反对的理由，他似乎也想领略一下王牌大班提着红酒到处踱步的气度。这个曾经在多年以前的长征路上算计着米袋中青稞粒数目的男人，觉得能这样尝试一下赚钱的味道其实也是挺好的。

贺羽丰后来得知，那些大黄鱼，最终都被姐夫通过他们的交通员，塞进茶叶罐里送去了延安，然后又过江涉水游到了敌占区，从伪军的炮楼里换回了几十挺机枪和装满了两大车的机枪子弹。

如果不是那天中午发生的一件事，贺羽丰还能在发财的路上走得更远。

这是一个令人昏睡的午后。夏天的炎热在城市的每一寸土地上深入，空气中没有一丝风。苏州河岸的柳树枝叶只能在小火轮切开水面后才微醺摇摆，醒来的鸣蝉闻风而动，程序般地叫唤几声后又归于沉寂。

与贺羽丰对战的五个棋手渐次败下阵来。

朱修阳在忙碌地收钱。众目睽睽下，他更像是一个精于算计的账房先生。

一辆卡车在棋社门前停下，瞬间跳下几个煞神一般的男人。领头者一身肥肉，敞开的腰间故意露出一把枪，径自走向贺羽丰。

听说这里摆擂台，我们过来查一查。

棋手和看客顷刻间鸟兽散。

贺羽丰转头望了一眼姐夫,对方的眼神告诉他静观其变。

我姓冯,叫冯宝,他们都叫我宝爷。

宝爷好!贺羽丰屈身,咧开嘴笑了,说,一看宝爷,就晓得是有来头的人。您请坐。

冯宝给自己倒上一杯茶,盯着贺羽丰手里的两枚棋子,说,那么你就是传说中的擂主喽?

只是喜欢下棋,讨点生活而已。贺羽丰平静地说,除了下棋,我干不好其他的。

冯宝又坐下身子道,这么跟你说吧,我们队长也喜欢下棋,他愿意屈尊挑战你。多少钞票都可以的。

流传在苏州河畔上海棋坛的那段往事,就这样拉开了序曲。

他们连着下了三局。

可是，李寻烟却根本没有出现，他们下的只是盲棋。这让朱修阳和闻风赶来的陶大春多少有点失望。

冯宝只是交给贺羽丰一张纸条，上面写着开局的第一招。他说我们队长就在隔壁，这局他先手，你应招吧。怎么挪棋你也给写个纸条，我再派车给队长送过去。

第一局棋，可能是贺羽丰之前的擂台赌局赢得过于轻松，他一开场就横刀立马，志在必得。但毕竟杀气重，虽是步步紧逼，却差点就废了。虽然最后险胜，但贺羽丰能看出对方的棋力非同寻常，其防守冷静开阔，面对险境洞幽察微，步履稳健。

第二局，贺羽丰先手。为迷惑对方，他一改上一回的屏风马开局，兵三进一，一子当先，以仙人指路之势稳摆阵脚。

河界三分宽，计谋万丈深。贺羽丰此时想

起的是父亲生前的几句提醒：不得贪胜，入界宜缓，谋定后动，慎勿欲速。于是，每次纸条送来后，他都给自己留有足够的余地。每落一棋，他从茶楼的这头走到那头，再次回来后，才允许自己写下棋语。

外头的看客越聚越多。但除了不断来回的一辆卡车，他们其实什么也看不到，只是喜欢人多的热闹。甚至来了一些租界里的洋人，他们打着阳伞，又用手巾来回扇舞着人群中蒸腾的汗馊味。知了也成片叫开了，窗外的嘈杂声一浪高过一浪。

棋社外的通道被人群给堵住，卡车按起焦躁的喇叭声，巡捕也将手中的鸣笛吹得不能再响。贺羽丰想，要是此时能收钱卖票，姐夫肯定又能开心上一个礼拜。

第二局还是贺羽丰赢了。他在关键时刻摆上了父亲得心应手的"天地炮"。一炮沉底，一炮居中，四面埋伏，李寻烟被困死了。

第三局开战，李寻烟多少显得棋力不支，但他仍然不屈，展开着拉锯战。下到第46手时，贺羽丰以为对手会无心恋战，就将原本考虑的拱卒改成了跳马，欲在几手之内速战速决。但没想到，也就是这个小小的甚至谈不上失误的举动，让李寻烟牢牢撑开了夹缝中的生机。

此后，李寻烟一路严丝合缝地把守，始终提防着贺羽丰天地炮的搭架。虽然已明显没有胜算，但仍死死咬住防线，仿佛是在等候贺羽丰的再次出错，由此，他才有扳成平局的可能。

贺羽丰当然不想让他如愿。

终于，到了第81手的时候，李寻烟送过来的纸条上写的却是：给个面子，让我活一次。这局算是平手如何？

贺羽丰对着冯宝点了点头。冯宝急切地说，队长让你别走开，他这就要过来见你。

贺羽丰将纸条交给姐夫。

静坐的朱修阳像是入了定，双目如电，嘴里始终没有漏出一个字。

贺羽丰又暗暗去人群中搜寻陶大春的身影。

那天，在冯宝他们的簇拥下，李寻烟一把拨开人群，快步冲进了棋社。见到贺羽丰的第一眼，他劈头盖脸的第一句话就是：怎么称呼？老家哪里？

贺羽丰根本没有思索的时间，姐夫之前也没想到过给要给他安排一个假身份。只能以实相告，76号完全有这样的可能去核实自己的身份，他们也有这样的能力。

我，原本是姓赵，浙西江山县城人。贺羽丰道。

还真被我猜中了。那么，赵先驹是你什么人？

李寻烟的这句话像突然插进棋盘的一把利剑，令贺羽丰不禁倒吸了一口冷气。

他是我父亲。难道，你认识家父？

你这"天地炮"，让我想起一个人。实话告诉你，我不仅认识你父亲，我还救过他的命。

李寻烟这句锋利的话语，瞬间像一把斧子，凿开了贺羽丰他们家冰封多年的一段记忆。而这段记忆，就连姐夫朱修阳也是从不知晓的。

18

李寻烟走后的那个夜晚,三人在棋社里有了一次长谈。之前,朱修阳一直对陶大春不冷不热,这让陶大春觉得,说好的行动计划仿佛只是为了处理他的一件私人恩怨。

这天下午,陶大春差点将脚踏车的链条给踩断了。最终,他跟踪上冯宝那辆屁股上突突冒烟的卡车,找到了李寻烟下棋的蹲点处。那其实是一个鸦片烟馆,是越界筑路区"好莱坞烟馆"开在租界里的分店,离棋社差不多五六里地的样子。

我总感觉哪里不对劲,他来到棋社的时候,好像长相和那张翻拍的档案照片有区别,但又说不出具体不同在哪里。朱修阳说。

我倒觉得这并不奇怪,贺羽丰说,毕竟那是他很多年前的照片,而且我们也没见过早年的李海峰。

陶大春对此不置可否,但贺羽丰的话倒是提醒了他。

忘了告诉你们一件事,李寻烟,也就是李海峰,之前在军统特训班的时候,除了在密码谍报课上显示出超乎寻常的能力外,他在伪装术方面也体现出了一流的想象力。我们的奥地利化装老师曾经对他印象深刻。

朱修阳问陶大春能否举出例证。

陶大春回忆说:特训班结业前的最后一堂化装课上,李海峰迟迟没有出现。奥地利老师很是恼火,说无论如何也要在下周的课程考核上给他打个差评。这话说到一半,一个提着行李的老人出现在了教室门口。老人说是李海峰的父亲,是过来给儿子送红腰带的,因为那一年碰巧是儿子的本命年。老人抓起腰间的旱烟杆,摸出一撮烟丝放进烟锅里,在学员们的哄堂大笑中，擦亮了一根火柴。

奥地利老师一阵叽里呱啦的臭骂，他说我估计你的宝贝儿子还在寝室里抱着枕头睡大觉呢。结果，那一年特训班的化装课考试成绩，李海峰却是唯一一个得满分的。所有的学员都对此很不理解。

三人间一阵静默。

陶大春的故事到这里就停止了，他没有说出幕后的缘由，像是要让朱修阳和贺羽丰去猜测。

有没有这样的可能，朱修阳说，李寻烟来棋社之前作了一定的化装，修改了自己的长相？今天那么多陌生人，这样的公开场合对他来说是一次冒险。

有这种可能性。贺羽丰说，从今天的对弈来看，李寻烟防守方面的意识和能力要胜过进攻方面的。他甚至有这样的定力，只等我出现差错。

说说父亲的事吧,朱修阳说。

贺羽丰点头。在之前绵长的少年时光里,他几乎将那个发生在杭州城里的故事忘得一干二净。但在这个夜晚,故事又携带着父亲的面孔重新浮现上来。

这故事只有我知道,贺羽丰对着朱修阳说,父亲在我这个年纪的时候,一个人在省城杭州游荡,靠在街边巷口的棋摊上迎战残局混口饭吃。后来慢慢有了一点本钱,就自己摆了个棋摊。来挑战的棋手输了,押在棋盘上的大洋就归了父亲。而要是父亲输了,他付出的筹码会是对方的两倍。

父亲那次是几天前在街边淋雨受寒了,整个人烧得厉害。但他又不愿花钱去抓药,还想着能碰上一两个棋手。

那时虽然雨停了,但天上还是一团团的

乌云，又碰上军阀混战兵荒马乱的，父亲的棋盘前已经空荡了好多天。满天乌云加上人烟稀少，脑袋发烫的父亲终于在仿佛是夜幕下的白天里脑袋一歪，睡着了。

严重发烧期的睡眠是很沉的，你甚至可以说它是一种昏迷。贺羽丰说，所以，当那天的街头发生一幕险情的时候，父亲依然深陷在梦魇中无法自拔。那时，棋摊的左首方向出现了一个骑在高头大马上的军官，他正带着一队行军中的士兵。而父亲的另一个方向，一辆疾驶的军车因为突然刹车失灵，摁着山响的喇叭直冲过来。喇叭声惊吓到了对面军官的那匹烈马，在抬起前腿摔掉军官后，它又朝着父亲棋摊的方向狂奔过去。军车上的司机也被这突如其来的一幕牵住了视线，车轮的方向同时朝着父亲偏转过来。眼看着我父亲不是被烈马踩死也会被军车给撞死，在这紧要关口，突然冲出一个年轻人，将睡梦中的父亲拦腰抱起，顺势滚进了街边台阶下的一条小溪里。

这人应该就是李海峰。贺羽丰说，我确定父亲当年说的恩人就是姓李。

父亲和李海峰，由此成了莫逆之交。之后，父亲知道他原来也是一个棋迷，经常在人群中观看父亲和棋手的对弈。但因为身上没钱，他就没有机会和父亲下棋。之后，棋摊前没有应战者的时候，父亲所有的时间就是和李海峰下棋度日。李海峰对父亲的棋艺佩服得五体投地，尤其是父亲最为擅长的绝命招——天地炮。

双炮并举，所向披靡。贺羽丰说。

有一天的街边小吃摊上，李海峰将身上一本卷边残破的棋谱送给了我父亲。那本棋谱的名字叫《梅花谱》，哪怕是多年四处行走棋坛江湖的父亲，也一直是只闻其名，未见此书。

父亲如获至宝。但也就是那一天后,李海峰就消失了。父亲在街边守候了一个多月,也始终没见他的人影。任凭多方打听,愣是没有丝毫音信。

父亲生前多次老泪纵横,感叹这辈子再也无缘报答恩人。

…………

棋社里静默无声,唯有不远处的苏州河水静静流淌。

三人都不约而同地喝了一口杯中的凉茶。

陶大春推动身下的靠椅,走到贺羽丰面前,我有一个问题,你现在还想刺杀李寻烟吗?

贺羽丰无语。

朱修阳过来解了围。他说这事我们还是从长计议吧。

从长计议?老朱,我就知道你什么个意

思。但如果不是为了刺杀,你说他贺羽丰是干什么来了?是回来上海晒太阳吗?

陶大春将一把"菊花口"扔在了桌上,贺羽丰,我再问你一次,你到底还愿不愿意加入我们的行动?李寻烟至少现在还没有怀疑上我们。

朱修阳抓起桌上的枪,说,枪我先收着,至于行动计划,我也说过,还轮不到他开枪。

陶大春一把夺过朱修阳手里的枪,我今天把话给敞开了,你们要是还愿意动手,这枪我留下。但像现在这样不明不白的,枪我得带走。你们赶紧给个准话。

贺羽丰能感觉到陶大春在他头顶上悬着像刀子一样的眼神。后来,他缓慢地起身,背对着陶大春。

什么也不说是吧?好,我走!

贺羽丰转过身时,棋社的门板哐当一声,

涌进一阵凌厉的风。

窗外，租界里的英国路灯照出一圈孤单的明亮。陶大春在脚踏车上前冲的影子在灯光中越拉越瘦。贺羽丰感觉这一天的一切怎会那样的不真实。

眼里的黑暗处，走出一个晚归的卖佛事用品的小贩，头戴一顶凉帽，肩上挑的担子里，摇摆着几个黄灿灿的观音塑像。行走间，他敲起手中的一个木头梆子。

贺羽丰将目光从窗外收回。

那一晚，棋社里的两个男人陷入了无眠。他们彼此都听到对方在床上不停地翻身，但谁也不吭声，只是睁大眼，面对着漆黑的板壁凝视了一夜。

事实上，在这一天下午送走李寻烟的时候，透过76号卡车的车窗玻璃，贺羽丰还看到了车厢里的顾晓陌。

他盯着顾小姐看了很久,但对方却是目光虚弱,随后又转过头去。

在棋社里等着我,我或许明天就会过来接你。恍惚中,贺羽丰似乎听到李寻烟是这么说的。

那是李寻烟的女人,叫顾晓陌。陶大春说,我们之前调查过,她似乎是圣约翰大学的肄业生。

傍晚到来的时候,贺羽丰满脸怅然,感觉到了前所未有的乏力。

19

窗外三三两两的街市声响起时,朱修阳突然从床上翻身坐了起来。他说我们得赶紧准备一下。

你是说准备什么?贺羽丰不解。

我们得给李寻烟准备一些礼物。

那时,贺羽丰的眼里还只是昨天转过头去的顾晓陌,顾晓陌似乎是伤神的。但姐夫刚才的话也立即将他惊醒,他第一次觉得家中的这个男人不仅在平静时拥有一张和风细雨的脸,竟然还具备着梦一样的才华。为了让之前策划的"引诱"尽量还原成现实中的一场"奇遇",他像是把心也掏空了。

是的,其实现在自己也是被另外一场"奇遇"掏空了。他之所以会在那时想起"梦"这个字眼,是因为他突然感觉,顾晓陌就是昨晚恍恍惚惚的一场梦。

而事实上，前一个夜晚里的朱修阳也是历尽了煎熬。事情到了越陷越深的地步，虽然陶大春之前觉得自己是被他们一家人所糊弄，但他看到的却是贺羽丰已经上路，不然，小舅子的脸上不会到了今天还是那样的迷茫和焦灼，同时又带着一份无助。那就干脆把锣鼓敲响，披红挂彩地先有个热情应对的样子吧。

那一天，朱修阳其实很想给家里的妻子写封信，但信纸铺开后，原本想好的话语却又顿时不知从何说起。一个是浙西的老唐，一个是眼前的陶大春，他觉得自己的一家人倒是被这两个说起来都是乡党的男人所绑架。更为可笑的是，他们的确又各自有着共同的敌人。有些时候，革命的过程就是这样的匪夷所思。

朱修阳收起信纸，对着窗外的苏州河一阵凝望。他甚至觉得眼下最好的办法就是在贺羽丰的脑后敲下一个榔头,然后将他装进麻袋,扔上回浙西老家的车厢。

20

李寻烟那天从棋社回去后,就将贺羽丰和他父亲的事跟顾晓陌说个不停。

在顾晓陌的记忆中,眼前这个男人的眼神似乎从未这么火烫过,他也很久没有过这样的絮叨了。李寻烟背着双手在她身后来回踱步,他也由此在顾晓陌的化妆镜子里时隐时现。

顾晓陌放下手中的口红,一把抓起李寻烟的手说,走,先去洗洗手,我陪你去算一卦。

司机将两人送到了沪西亿定盘路东侧的三角公园门口,后面一辆车上下来的几个便衣即刻四处散开,远远地跟随保护着。

顾晓陌让李寻烟在一个周易占卜摊上捧着三枚铜钱丢了六次。卦象出来后,术士口中念念有词地盯着李寻烟的脸。

你走开,让我一个人听听他是怎么说的。顾晓陌对着李寻烟使唤道。

付了占卦钱,顾晓陌又走向一个抽牌算命的地摊,摊主是一个瞎子。

顾晓陌说,姓李的,你别跟过来。

蹲在地上抽出三张纸牌后,顾晓陌依次将它们塞进摊主的手里。摊主仰首,两个深陷的眼窝朝向半空,鸡爪一样的黑手在掰开的纸牌上摸索,随后清了清嗓子,亮出污黑的兰花指。你别唱了,直接说给我听就是。顾晓陌说着,将一张纸币塞入摊主手里。

李寻烟想凑上前去听个究竟,顾晓陌再次朝他挥挥手,去去去,走远一点,再远一点。

知道旁边还有一个男人,摊主再次仰首清

清嗓子，止不住又要唱起。求你了，我就听不得你那咿咿呀呀的，一唱我就发抖。顾晓陌说着，又掏出一张纸币塞进对方手里。

回家路上的车里，李寻烟问顾晓陌都抽了什么牌。顾晓陌把脸转过去说，我刚才只顾着让你洗手，自己却给忘了。

李寻烟说你本来就是说只替我算一卦的。

顾晓陌努力地回想了一下，说，对啊，好像是这样的。

夜幕确切抵达的时候，李寻烟开始思索起下午的那场奇遇，当然，还有那家石浦棋社。

李寻烟并没有在第二天的上午到来。贺羽丰在和姐夫商量好礼物后，便坐在棋社的门前等待着他的出现。朱修阳并且在棋社外的路口挂了一张告示，说今天休业。

日头从黄浦江的东边升起，又渐渐西沉到

苏州河的另一边。

李寻烟却依旧没有出现。

这天的夜里，在门外踱步的贺羽丰又看到了那个卖佛事用品的小贩。他那时正蹲坐在路灯下埋头吸着旱烟。深夜的上海，这样的孤凉影子随处都是。忧愁的生活似乎没有一个尽头。

特工总部的卡车最终在第三天午后出现了。特工总部刑讯室的走廊里，贺羽丰首先见到的是行动处的处长毕忠良。那天，毕忠良像是心情不错，他咬着一支雪茄说，你能在棋盘上赢了我们李处长，那是有两下子的。

引路的侍卫看了一眼贺羽丰，说，我们毕处长。

贺羽丰正欲躬身行礼时，毕忠良抬手道，不必不必。事实上，毕忠良那时的眼已经从头到脚将贺羽丰打量了一遍。毕忠良说，本来你可以来我们行动处的，但我看你还是太文弱了。

那天的后来，侍卫给贺羽丰倒了一杯水，便将他独自留在了接待室。隔壁的一间屋子里，一阵紧似一阵的嘈杂声。贺羽丰安静后，才听清那是皮鞭在抽打的声音，一个男人发出撕心裂肺的惨叫，号哭声像是从脚下的地底里冒出。

没过多久，隔壁的铁门哐当一声打开，踩在水泥地上的一双皮靴朝着他走来。

那时的李寻烟，额头上挂着一注新鲜的血，慢慢地往下滑，停落在他的眉心处。面对贺羽丰的诧异，李寻烟照了照镜子，随即用刚摘下的皮手套擦去了那里的血迹，你放心，这不是我的血。

但贺羽丰却发现他的眉毛处竟然浮起了一

层皮。再仔细看,那原来是一副假眉毛,李寻烟刚才擦血的时候用力过猛,将它整片掀了起来。是的,姐夫的感觉是对的,李寻烟原本在照片中的眉毛并没有这么浓密。

贺羽丰抬手指了指自己的眉角,李寻烟这才意识到自己的疏忽,他于是干脆将两片假眉毛整块撕裂下来,随手扔进了废纸篓。

贺羽丰不想直视,呆立在窗帘遮挡的阳光阴影中。

李寻烟又对着废纸篓吐去口中的一枚橄榄核,张嘴道,没想到吧?知道我的身份了吗?

贺羽丰摇头。

76号知道吧?为大日本皇军效劳的特工总部,上海人叫我们杀人工厂,而我们都是一台台杀人机器。

贺羽丰将晃荡的脑袋摇摆得像一把蒲扇。

李寻烟指了指隔壁,说,听到了吧?他们

会在我手里死得很难看,生不如死。

爹生前说过,我们家的男人,除了下棋,什么也别干。贺羽丰说。

说到棋,贺羽丰这才想起自己带来的礼物。他捧起茶桌上的木盒说,你是我爹的恩人,想不出什么好的礼物,就将爹生前留下的这盒象棋敬送给你。

李寻烟欣然收下,他显然是赞许这份用心的。

当年你爹和我在清河坊下的棋应该就是这一副。晚晴的红木,历久弥新。

李寻烟盖上棋盒,抬头问,棋社里的那个掌柜,是你什么人?

是我姐夫,他姓朱。

原来你还有一个姐姐的。李寻烟恍然着说道,有姐姐好,我就一直希望有一个姐姐。

这个下午的后来，李寻烟拿起电话打给家里的顾晓陌，说，你去订个酒家，我们晚上和贺羽丰喝一杯。

还是华懋饭店的顶层，包厢里等候的顾晓陌将手中刚打开的一个酒瓶在桌上放下。对着醒酒器里正在氧化的红酒，李寻烟优雅地抽了抽鼻子说，不错，我还是喜欢这张裕的樱甜红，有灵气，不比法国的拉菲差。

酒的气息，在无声地荡漾着，贺羽丰其实喜欢那略带酸性的气息。

到了后来，贺羽丰的目光始终躲着顾小姐，但他又无比清晰地感觉到了缠绕在四周的顾小姐的体温和香味。他于是仔细地凝望桌上酒瓶的标签以及透明的酒杯，它们都是那么高挑。也有那么几次，顾小姐的目光在他的脸上掠过，脸上是一层红云。

华灯初上时，李寻烟站在窗口，对着黄浦

江若有所思。这一切,都是命!他说。咱们都像是上辈子就认识的。

微醺中一言不发的贺羽丰和顾晓陌顿时有了醒悟。那时,几声辽阔的汽笛声应景般地响起。江面上升腾的浓雾,裹挟着夜色,朝着他们所向披靡地奔涌过来。

用不了多少辰光的,这一大片上海的早中晚,早晚会是我们的。李寻烟将一杯红酒完整地倒入了口中,长时间不说话,像是要把这酒劲闷进自己的肠胃里。好久以后,李寻烟喷出一口意味深长的酒气说,醉人的生活,就应该是眼前的这副样子。

这天晚上,回到棋社的贺羽丰很意外地再次看到了阿苏。阿苏在他眼前卷绕着马尾,马尾比当初的长出了一截。

阿苏说,你回上海也不晓得来找我的?

我去戏院里找你了呀,贺羽丰说,可你不是也不在了吗?

阿苏说自己是看到报上的棋社广告后才找来的。我知道你和那个人下棋了,你应该有什么事情瞒着我。

贺羽丰躲闪着她直视的眼。

其实我看到你在戏院里发电码。你别以为我还小,我去走廊尽头的那个水池,是为了给你留下时间。

阿苏,刚才的这些话可不能再乱说。

贺羽丰你变了,阿苏转头说。她盯着烟雾缭绕的苏州河,眼里蓄满了泪。贺羽丰不禁想起几个月前大光明戏院播音室的那盆常春藤。

这时候,宪兵队冰冷的探照灯再次掠过他们的头顶。实际上,夜色已经很沉了。

21

哪怕你们给我枪，我也进不了76号的门。

送走阿苏，贺羽丰坐到姐夫和陶大春的面前说，我是76号的外人，没有出入证，进去之前必须要搜身。李寻烟也不会再来我们的棋社，他要我隔三岔五过去陪他下棋聊天。还有一件事，贺羽丰向两人掏出了李寻烟给的一张照片，说，这是他的前妻安娜，以前住在杭州拱宸桥的运河边。

照片中的安娜一头齐肩的秀发，精巧的黑边眼镜下，是一张白净喜悦的脸，似乎只有《良友》画报的封面女子才能拥有的优雅和精致。

望着照片中的安娜，他们无法将这个女人和现在的李寻烟完整地联系在一起。

安娜走失了快十年，李寻烟要我帮着寻找，据说人在上海。贺羽丰说，我也不晓得到哪里去找，他自己的手下应该更有办法找得到。

我怕血！
陶大春走后的那天晚上，贺羽丰这样对朱修阳说。

恐惧很正常，残酷的还是在来日方长的胆战心惊中受苦。朱修阳平静地说，但我还是不希望你有第一次。依旧是那句老话，轮不到你杀人，你也不用去杀人。

陪他下棋，替他找安娜吧。杀人的机会总在某一个路口等着我们，但那是我和大春的机会。朱修阳将眼光落在贺羽丰的脸上说，像是要清洗他的忧愁。

阿苏在第二天再次找上门后便见到了贺羽丰手中安娜的照片。她那时安静了很久,欲言又止,最后说,我帮你一起找吧。

你就不想知道我为什么要找这个女人吗?贺羽丰问。

我不多想,只是要同你在一起。阿苏说,我怕你在我的眼里又走丢了。

曾经有过那么一次,他们在寻找的途中似乎靠近了安娜。就在谢晋元孤军营外的胶州路上,一连几天出现了一个寻找母亲的女孩,她将母亲的画像缝在自己的后背上。周围的行人解释,"八一三"淞沪战乱逃离时,女孩和母亲走散了。贺羽丰远远地跟着那抖动的画像,除了发型,她和照片上的安娜很是相似,特别是那对眼神。照片上的安娜那时正是怀孕,那么她现在有一个这么大的女儿也是情理之中,贺羽丰想。阿苏正要走上前去拦住女孩询问时,旁边过来一个踩着黄包车的男人,女孩朝他兴奋地叫了声爸。男人提起脖子上的毛巾,替女孩擦去了脸上的汗水。女孩清爽地笑了。

身边的阿苏一阵错愕,紧紧拽住贺羽丰的手。贺羽丰问,怎么了?

没什么,是我想多了。阿苏说,可怜的孩子,好好的一家人,硬是给拆分成了两半。

忧伤瞬间爬上阿苏的脸。她又低声哽咽道,我是想起了自己的家,爹没了,家就破了。

你不是还有个哥吗?贺羽丰问。但伤心的阿苏并没有回答。

也就是从那一天开始,阿苏喜欢上了往教堂里跑。仿佛是受了一些冥冥中的指引,在窦乐路上的鸿德堂里,她说自己的心情只有听着神父的声音时才是完整的。只要闭上眼睛,双手合十祷告,神就会帮助你的。阿苏这么对贺羽丰说着,眼里闪动着光芒。

贺羽丰望着阿苏，轻声说，阿门。

很多年以后，贺羽丰和这个寻找母亲的女孩又再次相遇，并在女孩的陪伴下一路走向人生岁月的终点。再次见面时，贺羽丰毫不犹豫地向女孩提起了胶州路上这天里的一幕，女孩在他眼前惊诧地站成了一棵树。他们谁都没有想到，当初彼此间细嫩如柳条的缘分，最终会蔓延成一把坚韧无比的藤。

或许，这就是阿苏说的那个上帝。夕阳中，两鬓苍苍的贺羽丰这样想。这是后话。

22

李寻烟又安排了另外一场酒局。寻思过后，他还是将电话拨给了宪兵司令部的清水中佐。

酒过三巡，包括几个宪兵队军曹在内的一帮男人聊起了一些耳闻的前线战事，顾晓陌坐在一旁百无聊赖，拿起桌上的餐布反复擦拭着坤包里的一个物件。没过多久，她又将它摆上了桌面。众人细看后才发现，那其实是一把手枪，M1906，四英寸的勃朗宁，只是略大于一个香烟盒而已。

在场的所有人都愣住了。李寻烟一个箭步冲上，夺过之前他送给顾晓陌的这把"掌心雷"，或者说"对面笑"。顾晓陌睁大双眼，仰头冲着身边的男人说，姓李的，你干什么？把枪还给我。

顾晓陌这么一副无辜的样子，又把清水他们给逗笑了。清水呲了一口酒，仿佛是为了缓和气氛，说，李队长，你们中国人有句话怎么说来着，世间唯有小女子难养。但你们家的这位顾小姐长得这么好看，人又聪明，难养是你的福分。你，还是把枪还给她吧。

顾晓陌咬着嘴唇，隔着酒桌向清水送去一个迷人的微笑。

回到座位的李寻烟于是让顾晓陌去给清水斟酒，又让她连着向清水先生罚酒三杯。清水的手最终落在了顾晓陌的腰上。三杯后的顾晓陌眼光中有了呆滞，她说清水先生，我们要不要再来三杯？今晚不醉不归。

酒就又喝了三杯。

返回座席的路上，顾晓陌柳丝一样的目光在窗外的夜空中飘过。她仰头拢了一下发丝，对着远处的一排霓虹灯嬉笑道，上海这么美好的夜晚，我竟然把酒溅到了眼睛里，像是我的一双眼也一起喝醉了。她那时看上去的确有一些迷离，眼里是那种湿哒哒的感觉。

顾小姐真是个文化人，也很懂得幽默。听

到刚才那段话的清水说，我很欣赏顾小姐这样的美丽女子。跟她在一起，我很快乐，似乎可以忘记身上的病痛和烦恼。

众人犹疑。

清水又说，不瞒各位，我最近被一种病痛所折磨，我的后腰和两个侧腰上长出了一串米粒大的小水疱，针扎一样的痛。诊所开的药都是些草包货色，水疱还在扩散。可怜的我，每天都卧榻不宁。

众人又陷入沉寂，脸上很及时地表露出了同情。

清水先生，如果我没猜错，你那是腰带疮，我们老家也叫蛇盘腰。顾晓陌说，因为它像一根裤袋也像一条毒蛇一样缠在你的腰上。你可得小心，千万别让那些水疱首尾接上了，不然……

顾晓陌的话还没说完，李寻烟就对她喝止

道,你懂什么,别在这儿胡说。

清水朝着李寻烟摆摆手,示意顾晓陌将话说完。

顾小姐,不然会怎样?

要是首尾接上的话,顾晓陌一脸平静地说,说不定会死人。

顾晓陌的老家之前也有很多人得这种病,病得最重的是她的舅舅,烂得全身都是。最终是顾晓陌的外婆求一个江湖术士帮的忙。术士临走前,外婆拿出箱底里最值钱的玉器,非要求教这门法术。她的理由很简单,说家里人如果以后还得这病,那该如何是好?

后来,村里人患了"蛇盘腰"这病的,都来找我外婆。他们说,外婆的手能摘疮。

清水赶紧问,那你外婆现在在哪?

顾晓陌摊手说,外婆死了。

她又说,但外婆把这法术传给了我母亲,

母亲又传给了我。

李寻烟半信半疑，说，那你赶紧将清水先生的水疱给摘了啊。

顾晓陌拿起一双筷子敲着桌沿，对着酒杯说，那还得清水先生能相信呢。还有，你能同意吗？

你先别管我信不信，清水急切着说，现在就试试无妨。

顾晓陌转眼对着李寻烟说，我需要点三根香，你们都出去。还有，清水先生，得麻烦你把上衣给解了，裤袋也解了。

李寻烟从包厢离去时，顾晓陌又当着他的面说，清水先生，别说我没提醒你，得了这病，可不能再喝酒了呀。

那天的酒席散场的时候，先头离开的清水在李寻烟的眼前紧了紧裤袋。他在半路上抬起手，向着身后的李寻烟道了句撒由那拉。又回头说,顾小姐的手艺有没有效果,过几个晚上我就能知道。

那时,顾晓陌的酒气终于泛了上来。她抬腿冲出包间,对着洗手间外质地考究的陶瓷洗手盆一阵狂吐。李寻烟随即跟上,双手在她的后背上交错着拍打。

顾晓陌回转身子,张开手扒去脸上滴落的水珠说,叫上贺羽丰,我们仨再喝一次。今晚不醉不归。

第二天的中午,顾晓陌果然又喝酒了。这一次,她几乎又把自己喝醉。在等候在门外一直把风的几个随从的簇拥下,顾晓陌一把推开了搀扶着她的李寻烟,说,你别管我,你昨天对我那么狰狞,快要气死我了。我要贺羽丰来扶我。

顾晓陌转过身,弯曲的手臂抓向身后的贺

羽丰，说，来，扶姐姐下楼。

贺羽丰犹疑着从李寻烟的手上接过了顾晓陌的身子，酒后的顾晓陌周身滚烫，像一只刚被烘熟了的体态轻盈的红薯。

电梯里，顾晓陌和贺羽丰靠在最里头的角落。顾晓陌将身子紧贴在贺羽丰身上，整张脸都趴在了贺羽丰的肩上。快要到达底层的时候，顾晓陌转脸在贺羽丰的耳根上咬了一口，留下一阵仓皇逃离的呼吸，以及十分细碎的牙印。

回去的路上，冯宝坐在车厢的前排，贺羽丰和李寻烟将顾晓陌挤在了后排的中间。李寻烟探出的手落在了顾晓陌裸露的腿上，顾晓陌只是直视着前方。

车子走过一段路程后，顾晓陌对着挡风玻璃外灰暗的街面说，贺羽丰，改天我们一起去骑脚踏车。

这天下午,李寻烟和贺羽丰一直在办公室里下棋,顾晓陌在旁边的沙发上延续着醉酒后的沉睡。黄昏快要到来的时候,冯宝冲了进来,凑到李寻烟的耳旁低声道,哥,我看那女人快不行了。

李寻烟抬头问,她还是什么也没招吗?

冯宝点头。

沙发上坐起身子的顾晓陌,对着冯宝满脸不悦地说,讨厌,你打断了我的一场美梦。

几分钟后,走廊上的顾晓陌与一群抬着担架的打手迎面相遇,她那时刚在盥洗室里冲了一把脸。担架上盖着一张洗净的白布,顾晓陌看到了一双女人的脚和脚上几乎脱落的高跟鞋。她又擦了一把湿漉漉的脸,将原本是给李寻烟清洗的两颗橄榄一起塞进了嘴里,顿时感觉酒完全醒了。

顾晓陌在76号第一次目睹女人的死是在六七个月前。那时，李寻烟说要带她去外头打野鸭。几辆车子一起将他们送到了麦根路与中山北路间的一个小丛林里，高高低低的几步路程后，在一段枯水的溪流河床上，顾晓陌果真看到了一群扑腾的野鸭。

但顾晓陌那天第一次举枪时，面对的却是一张女人的脸。

那天，随后赶来的冯宝将自己的篷车熄火后，和几个随从拉开了车厢的后挡板。他们像是从里头拖出一麻袋的土豆般，拖出一个满身泥浆和血污的女人。

这是一名军统潜伏人员，李寻烟并没有从她的嘴里掏出半句有价值的信息。但女人的脚筋骨还是被敲碎，她那时只能跪在李寻烟和冯宝们的面前，起初只是低头专注地凝视腿下被白雪覆盖的草丛，像是要在记忆中一根根搜寻出这些草的名字。之后,她又缓缓抬头,仰望起那片正是雪花纷纷扬扬的天空。

顾晓陌不敢直视那张脸,虽然它正从苍白走向红润。

我可不可以有个请求?女人仍然望着白茫茫一片的天空,顾晓陌顺着她的目光往上瞧,仿佛可以看到辽远的天空背后,一个巨大的世界。那里十分安宁。

我想让这位美丽的小姐来开枪,我希望能死在她的手上。

女人脸上的笑容一点一点地绽放,这是她留给这个冬天的最后一组表情,但她只送给顾晓陌。闭上眼睛前,她说,妹子,谢谢你了,送姐上路吧。

冯宝将一把拉开枪栓的花口撸子托举到了顾晓陌的手里。

两颗子弹毫不犹豫地从顾晓陌的枪中射

出。如同一个被撞倒的花瓶,女人的身体像是被这个冬天里的一场雪撞倒。

枪声过后,顾晓陌甩开手,将那把撸子朝着远处惊起的野鸭狠狠地砸去。在此后很长一段时间里,她的耳畔始终回荡着这两声当时久久没能散去的枪响。

23

李寻烟根本就忘记了清水身上的那些腰袋疮,他很了解自己的女人,知道顾晓陌一直热衷于那些堪称无稽之谈的装神弄鬼。所以,当那天上午他办公室里的清水专线响起时,他却正躺在前往南京的火车的卧铺车厢里。他寸步不离地守护着手里的一个文件包,里头的一份机密情报或许能够推着他在76号里再次登上一个新台阶。为了让自己更加清醒,李寻烟朝嘴里扔进了一颗橄榄。

那时,顾晓陌和贺羽丰一起出现在了沪西的梵皇渡路上,他们踩着脚踏车,朝着圣约翰大学骑去。一年前,顾晓陌的母校已经搬迁回原地。

顾晓陌是1936年进入圣约翰大学医学院的,学校在这一年招收了第一批女生。第二年的秋季开学后,为躲避日本人的战火,学校迁往了公共租界的南京路大陆商场,与沪江、东吴、之江三所学校合并成立了上海联合基督教大学。又过了一年,就快要到圣诞节的一个夜晚,一位包着犹太头巾的陌生女子在校门口拦住了排演结束正要回家的顾晓陌。也就是那天晚上以后,她便在这个学校的女生名单里消失了。再次回到上海时,已经是半年多以后。

整个漫长的白天,顾晓陌和贺羽丰都是在沪西的圣约翰大学度过的。他们的脚踏车在通过校门前的水泥石柱后,阳光集合起所有青草的气息扑面而来,瞬间便将他们包围。令贺羽丰更加记忆深刻的,是校园里那棵硕大的香樟,遮天蔽地的枝叶,仿佛是要遮阴这尘世中的苍生。他们后来干脆将脚踏车停在了网球场外,绕着那块为防止日军轰炸而搭建的星条旗木架,走了一圈又一圈。他们成双成对的身影还出现在了图书馆、树人堂和礼拜堂。在名为思孟堂的女生宿舍楼下,顾晓陌指着三楼的一扇窗户说,晓得吧,我以前就住这里。他们那天的晚餐也是在这里安排的,校园里有几幢专供苏州职员居住的平房,其中的一间属于顾晓陌的朋友。她最近休假,将钥匙交给了顾晓陌。

晚饭后,两人的身影出现在了圣约翰校

园附近的那座苏州河木桥上。星光下，顾晓陌再次看到了曾经载着她来来回回的摆渡船。靠在木桥的一段栏杆上，顾晓陌对着身边的贺羽丰说，我刚写了一首诗，要不要现在就背诵给你听？

贺羽丰摊开手掌说，My pleasure, I am listening!（荣幸之极，我在听。）

> 我说　你是人间的四月天；
> 笑响点亮了四面风；
> 轻灵在春的光艳中交舞着变。
> ············
> 你是天真，庄严，
> 你是夜夜的月圆。
> ············
> 你是一树一树的花开，
> 是燕在梁间呢喃——

你是爱，是暖，是希望，
你是人间的四月天！

顾晓陌的声音停止时，贺羽丰脸上露出十分浅的笑，他侧着脸睨视着顾晓陌说，美丽的顾小姐，那么，我是不是也应该送首诗给你？

顾晓陌不声响，只是侧着脸露出迷人的微笑。夜色十分淡地勾勒出她表情丰富的脸部轮廓，很像一件美术作品。

贺羽丰说，我的诗很短，却也不输给你的，顾小姐你可听好了。

你是夏夜里的精灵，
民国芬芳的林徽因，
今晚的月亮，
我免费送给你！

越过桥栏,贺羽丰推出自己的手掌。那天的一轮圆月晃动在苏州河的水草间,顾晓陌趴在栏杆上,一直持续的笑声中,她说贺羽丰,你让我把眼泪都笑出来了。

那天的后来,在一家街边的小酒馆里,他们又将两瓶绍兴老酒喝了个底朝天。

两辆脚踏车骑到大光明戏院的时候已是午夜,贺羽丰突然停下问顾晓陌,有没有兴趣听我的同声传译?

夜色里,贺羽丰牵着顾晓陌的手,两人像是两只野猫般攀进了戏院的窗口。贺羽丰给顾晓陌在影厅里找了一个座席后,转眼又出现在了二楼播音室门口的走廊上。他随后找来一根细铁丝,轻巧地打开了那扇房门。

推上电闸后,贺羽丰那天捧出的一部电影正是《唐老鸭从军记》。他从二楼的瞭望口里探出身子,说,楼下的那位顾小姐,请准备好你的earphone（耳机），电影马上开场。

贺羽丰果真是能放电影的，那天的银幕里，最让顾晓陌开心的是体检官在考问刚高过自己膝盖的唐老鸭。话筒里的贺羽丰说，请问，这张红色的卡片是什么颜色？贺羽丰顿了顿，又尖声道，长官，是红色！

电影继续时，贺羽丰坐到了顾晓陌的身边。顾晓陌摘下耳机，眼神迷离中，又像是郑重其事地说，其实，你还可以在话筒里跟我说一些悄悄话的……对吧？

贺羽丰似乎没有听清她的话语，只是慢慢靠向顾晓陌的肩膀。顾晓陌也朝着他俯身依靠，任凭自己蓬松的卷发盖住贺羽丰的整张脸。透过顾晓陌细密又芳香的发丝，贺羽丰仿佛再次见到了月光下的苏州河，以及水流中那些摇摆的水草。

电影在继续，他们却安静地睡着了。

那天的午夜,贺羽丰回到棋社时,陶大春和朱修阳喝的茶已经换上了第三壶,他们一直在等着贺羽丰。

在朱修阳的手里,贺羽丰接过了一本《圣经》。

是阿苏给你留下的。姐夫说,她等了你很久。

阿苏夹在《圣经》里的一张纸条上写着:Love your neighbor as yourself! 贺羽丰,神父说,要爱你的邻居,就像爱你自己。

贺羽丰握着那张纸条很久,他突然有些怅然若失。后来,他将纸条慢慢撕碎,碎屑纷纷扬扬地飘落在了地上。朱修阳说,你怎么把它给撕了的,至少需要留个纪念。

贺羽丰惨淡地笑了一下说,你不懂的。

朱修阳说,我怎么就不懂了?

贺羽丰说,那我来问你,我姐在浙西一个

人待那么久你懂吗?

在接下来的时光里,陶大春向贺羽丰宣布了新的行动方案。他搓着手说,我们终归是要灭掉李寻烟的,不然对不起戴老板。他对贺羽丰说,你听好了,我们准备了一种毒粉,只要你投进李寻烟的杯子里,毒性在60个小时后才能发作。那时,我们早就在上海消失了。

朱修阳像是将这句话堵在了耳根,只是死死地盯住贺羽丰的眼。

陶大春最后说,李寻烟这回死定了,药粉已经在重庆赶往上海的路上了。

李寻烟从南京回上海的那天,司机带着顾晓陌一起去接站。车子刚回到极司菲尔路55号门口,冯宝就抖着满身的肥肉颤巍巍地跑来。贺羽丰那时也正好踩着脚踏车出现。

冯宝还是压低了声音说,哥,我刚发现了军统新设的一个接头点。现在过去,正好可以围捕他们。

李寻烟朝贺羽丰招手说,同我一起走,好几天没下棋了,路上杀几局。

贺羽丰望了一眼车窗里正探头出来的顾晓陌,将脚踏车搁在门岗处。他和李寻烟一起登上了冯宝那辆车的后排车厢。接站的司机于是又继续送顾晓陌回家。

车子走了一段路后,李寻烟才发现,原来两人都忘了带上象棋。

李寻烟不禁失笑道,看我们这副样子,哪像是去抓人?望着似乎忐忑的贺羽丰,他从脚底下的包里掏出一个袋子,将一个假发套和一把假胡须交到贺羽丰手里,戴上这个，免得他们被绑上车后记住你。你跟冯冬瓜他们不一样。

你经常需要这样化装吗？贺羽丰问。

李寻烟并没有马上点头。但他说，化装其实很简单，只要你觉得自己的面目是真的，它就假不了。但你如果自己惦记着它是假的，那你的眼神就会提前出卖你。李寻烟给自己也戴上了一个假发套，又掏出一根烟杆，说，很多年前，我就是这样骗过了军统特训班的化装课老师，我把自己化装成了我的父亲，结果我考试得了满分。

陶大春之前讲的那个故事，贺羽丰其实已经猜想到了它的谜底。但他那时还是在李寻烟面前表现出了该有的诧异。

事实上，李寻烟这次的准备是多余的。冯宝的车子赶到围捕地点时，早就人去楼空，留给他的只是两扇洞开的窗户。冯宝站到李寻烟面前，支支吾吾地没有一句完整的话。

是清水的宪兵队提前出发了。冯宝那天求功心切，在等候李寻烟从车站回来的时间里，打电话向清水作了汇报。清水是不会给军统留下撤离的机会的，他在第一时间带队包围了康定路南屏女中旁的同仁旅社。

赶回76号后，李寻烟在特工总部门口遇见了满面笑容的清水。清水摸着腰间的军刀说，还好我们早到一步，人已经抓到了。清水又一阵关切地说，对了，你在周佛海先生那边的汇报还好吗？我也是刚知道你去了南京。

站在那天令人晕眩的烈日下，李寻烟的整张脸胀得像一个喝饱了水的萝卜。

李寻烟在办公室里摘下手套后，冯宝已经重新出现在他的面前。冯宝的头抬起过几次，但终究还是没说一句话地低了回去。

李寻烟就是在这时候开始真正发火的，外

头有很多人天天盼着我死,但在这个院子里,你冯宝还是第一个跳出来耍我的。他又沉下嗓音走到冯宝面前问,是不是也想跟着清水姓了?是不是?是不是?!

我错了,哥。

滚!李寻烟愤怒了。他这次几乎用上了所有的力气吼,有多远滚多远!

贺羽丰那天是带着李寻烟给他的一把钥匙回到棋社的。

他这天将要离开的时候,李寻烟将一把钥匙放在桌面上。说,麻烦你帮我办件事。这钥匙,可以打开外头的一个邮筒,我明天会给你一个文件,你送进邮筒后,重新将它锁好,并且忘了这件事。

邮筒的地址知道吗?棋社里的朱修阳问。

贺羽丰摇头,说,他明天才告诉我。

陶大春又问，怎么会是让你去送文件？

他原本是想让冯宝过去的，但下午临时改变了主意。贺羽丰说。他又将这一天的围捕事件向他们作了交代。陶大春点头，说，几个被捕的军官其实是三十二集团军七十军军需处的，他们是过来上海采购药品的。七十军原属唐生智的湘军，淞沪会战后又参加武汉的外围战及南昌会战，目前正要开赴长沙，急需药品。

那份密件，我们是否要冒险去打开它？朱修阳说。

陶大春再次点头，说，以李寻烟的身份，需要用如此隐秘的手段送出密件，说明他要绕过电话和密码电文的方式，双方又不方便碰头露面。我们重庆的局本部一直感觉有内鬼，或许这是一个揭开秘密的机会。

这个漫长的夜晚，和朱修阳一样，贺羽

丰再次陷入了失眠，脑子里不停闪现着李寻烟明天将要交给他的密件。之后，他又恍惚见到了55号门口车窗里的顾晓陌，见到了捧着《圣经》坐在常春藤下的阿苏。天亮以前，贺羽丰迷迷糊糊地睡着了。

———•◆ 25 ◆•———

  贺羽丰接过李寻烟手里盖过火漆的密件后，李寻烟又将昨天的那个假发套和假胡须塞进了他的手里。多戴几次就会习惯的，李寻烟说。

  按照朱修阳和陶大春的推测，李寻烟的那个邮筒应该是在老租界区内，因为那里邮筒集中，而且人多脸杂，反而更容易隐蔽。于是这个上午，朱修阳和陶大春都守候在了静安寺北面爱文义路的路口,那里是极司菲尔路通往老租界的必经之处。

邮筒的位置果真没有偏离他们的推断。

霞飞路上的法国总会旁,就在一棵梧桐树的脚下。李寻烟锁上办公室的门,说,邮筒有两层,是我特意加的,记住你要用钥匙打开的是底下的那层,反手推掉一块火柴盒大小的铁皮,就能摸到锁孔。

为什么不选在晚上?贺羽丰问,那样更容易避开视线。

昨天晚上还没有这份密件,今天晚上又已经来不及了。李寻烟说,快去快回。

踩着脚踏车离开76号的贺羽丰在街面上摘去了假发套和假胡须,他怕姐夫到时会认不出自己。姐夫现在是一个等候在路口的黄包车夫,只要看到他的脚踏车,陶大春就会踩上黄包车,两人一直跟随他前往未知的邮筒。黄包车上，陶大春还会换上一套邮政局的制服，制服的口袋里，藏着一把与贺羽丰手中同样的钥匙，那是他们昨晚加急配制的。

法国总会就在霞飞路和迈尔西爱路的路口。那是一幢奢华的建筑，坐北朝南，呈凹字形，总共三层楼，每一层都有阳台长廊，顶层还有个屋顶花园。整幢大楼是砖石结构的乡村别墅风格。但贺羽丰没有更多的时间去观赏它，他得尽早将密件放入邮筒中，为的是给"邮差"陶大春争取更多的行动时间。取件以后，陶大春还要再次回到朱修阳的黄包车中，落下布帘，拆开那份密件。最后，又要将看似原封不动的密件送回至邮筒。为避免李寻烟对贺羽丰在来回路上的停留时间产生怀疑，他们昨晚决定，不能让贺羽丰自己去拆开密件。当然，他也没有那样的拆件经验。

贺羽丰第一时间回到李寻烟的办公室，直

接将钥匙摆在了桌上。这时办公室里的清水专线响了。清水在电话里头说,他忘记了告诉李寻烟,顾晓陌上次给他摘疮的效果看似不错,他想改天再找一次顾晓陌。

那就明天吧,李寻烟爽快地说。

顾晓陌给清水摘疮的事,贺羽丰已经听说。顾晓陌说,那其实就是在念出几句咒语的同时,指尖对着长疮的身体不停地挪移。

那你念的是什么咒语?真的会有效吗?贺羽丰问。

我也想不明白这其中的道理,但效果是真的会有,很奇妙的医学。顾晓陌说,至于咒语,其实也就是反复着这么几句:

  站腰袋,
  坐腰袋,
  拦腰袋。

鸡鸡狗，

狗狗鸡，

青蛇请白蛇，

白蛇请青蛇。

清得光溜溜，

清得凉飕飕。

站腰袋，

坐腰袋，

拦腰袋，

摘腰袋！

　　陶大春那天成功地拆开并送回了那份密件。回到棋社后，朱修阳告诉贺羽丰，密件中的内容让他不得要领。那其实只是一句棋语：论形势两相当，分彼此各参商。炮二平五，马8进7。

　　贺羽丰告诉姐夫，这都是《梅花谱》里

的，就是李寻烟当初送给父亲的那本棋谱。《梅花谱》形成于康熙年间，和编书于明朝的《橘中秘》并称"橘梅"。针对《橘中秘》中"炮二平五"的"当头炮"开棋，《梅花谱》创举出以柔克刚的"屏风马"破局阵术。"马8进7"即是"屏风马"的第一招应手。

除了《梅花谱》和《橘中秘》似乎能对应日本特高课的梅机关和菊机关，朱修阳和陶大春实在想不出暗语中的真实"密钥"。眼前的密文犹如铜墙铁壁，泼不进水。

于是朱修阳建议陶大春将密件内容传给他们设在重庆罗家湾的局本部。但是事实上，他那时也已经通过自己的交通员告知了中共江苏省委。

但令他们感到不安的是，陶大春在这天拆件的时候，黄包车的抖动让他的裁纸刀不小心割破了手指，由此在密件的封皮上留下了一处血迹,而且正好落在拆封的位置。当时的情况下,要想换掉信封显然是不可能的,何况上面还有火漆。陶大春虽然蘸了口水去擦拭,但还是留下了一抹淡淡的红色。擦拭过的痕迹也容易让人想起之前有过的掩饰。

贺羽丰后来知道,陶大春那天其实是戴了手套的。但裁纸刀还是穿透手套将他的手指割破。只能说,他那时的动作有点变形,用力也过猛了。

盯着陶大春记在纸片上的文字,贺羽丰仿佛要将它看透,翻阅出背后的秘密。

但陶大春没有给他更多的时间。临走前,陶大春将一个小铁盒摆在了纸片上。掀开盖子,贺羽丰明白,一堆白色的粉末,就是陶大春之前说的毒粉。用药后的60个小时,药性起效。

朱修阳从他们眼前拿走了铁盒,又问陶大

春,你觉得他能带得进去吗?

事实上,陶大春那天在黄包车上拆开密件时,还有着另外一段插曲:他忙碌着掏出密件后,不经意间掉落了夹塞在密件中的一张照片。虽然朱修阳那时的黄包车没踩出几步路,就突然掉了链子,但那张照片,还是就此遗落在了身后的路面上,任凭来往的脚步和车轮匆匆碾过。

26

贺羽丰第二天早上从棋社里拖出脚踏车时,正好被阿苏堵在了门外。阿苏那时已经放下了耳侧的马尾,虽然所有的头发都像瀑布一样垂下,却依旧无法遮挡脸上一丝淡淡的忧愁。

阿苏细声问，给你留的《圣经》你看了吗？

后来，推着脚踏车的贺羽丰和阿苏一直沿着苏州河前行。河水无声流淌，贺羽丰眼里的对岸处，停泊着一群沙船。

你现在怎么就这么沉闷的？没有一句话要跟我说吗？是阿苏打开的沉默。

你，最近都在忙什么？贺羽丰问。

这话应该我问你才是。阿苏的眼并不对着贺羽丰，但是看上去她有些轻微的激动，我真搞不懂，你都在忙些什么。

阿苏这次过来，是因为在鸿德堂碰到了一起做礼拜的大光明戏院的经理。高经理问阿苏，苏小姐，还愿意回来做传译吗？你晓得的，观众们都还记得你的声音，还有你的那个搭档，Mr Hello Earphone！我们想重新上映

《魂断蓝桥》。罗伊和玛拉这两个角色，没人比你们更适合。经理又说。

经理以为阿苏就是姓苏。眼前的这个姑娘，他觉得现在应该称她为苏小姐了。唱诗班里的苏小姐，这几天脸上倏忽间飘过的表情，跟滑铁卢大桥上的玛拉，那么相像。

《魂断蓝桥》是在去年底进入的上海，短短数月后，竟然就在上海的舞台里出现了新改编的越剧版和沪剧版。但阿苏依旧只看电影和原文剧本，她似乎将其中一句台词的每一个字母藏到了脑海里，就像它们已经是长在自己手心里的一段掌纹：

Every parting from you is like a little eternity!

玛拉说，每一次和你分别，都像是永别。

阿苏热泪盈眶。之后，耳边又响起罗伊临走前打给玛拉的那个电话。罗伊说，部队要提前开拔，20分钟后出发。玛拉不顾一切地冲向滑铁卢车站，火车已经启动……

阿苏又是一阵滚烫的热泪。她突然觉得，电影和她的生命始终有着一些关联，或者说，她在上海的生活，也像一场电影。

你会回去吗？阿苏问。

会的。等我忙完了这一阵，同你一起做同声传译，我们还要一起唱《友谊天长地久》。贺羽丰抓起阿苏的手，十分平淡地说。阿苏的眼里顷刻有了光彩，随即又慢慢地暗淡下去。

阿苏，还记得卢冀野先生的那首歌吗？记得当时年纪小，我爱谈天你爱笑，有一回并肩坐在桃树下，风在林梢鸟在叫。

阿苏将两人握在一起的手在河边摇摆，眼里漾着水一样的幸福。她笑微微地接住那首歌的歌词：我们不知怎样困觉了，梦里花儿落多少。

那天的后来,阿苏还对着贺羽丰说了另外一句话。她说,这上海滩还有这租界,蛇蝎混杂三教九流,但我对你却是干干净净,一心一意,因为,是神要我那样,神要我喜欢你胜过喜欢我自己。

———•◆• 27 •◆•———

清水中佐来到李寻烟的办公室时,顾晓陌已在那里等候多时,摆在她面前的是一个小药瓶,里头盛着已经替清水先生兑好的药水。

头一天夜里,李寻烟告知了她清水的那个电话。李寻烟说,没想到你这一副神神癫癫的样子,却还藏了两手的。看你到时候给我生出个怎样的混小子。

李寻烟去南京前,顾晓陌在医院里知道自

己已经有了身孕。

酒是不能再喝了,那天和贺羽丰的那场酒,只能是个例外。走出家门后,在一名特工送她去外头的店铺抓药的路上,顾晓陌这么想着。她是学医的,当然也知道什么样的配伍能对清水有效。回来的路上,她摸着自己的小腹,又想,这孩子来得真不是时候。

顾小姐,我们又见面了!清水说。

我们早晚会见面,我知道你会惦记上我。顾晓陌说。她又补了一句,我是说自从那天为你摘疮后。

清水止不住的喜悦,将脑袋悠悠晃起后说,我就欢喜顾小姐这性格,睫毛一闪就是一个崭新的幽默。

清水故意将话到嘴边的"喜欢"换成了"欢喜",一来是显得自己儒雅,二来,他已经察觉到了对面李寻烟脸上左右冲突的眼神,像极了关在笼子里的一只慌张的小白鼠。

你欢喜的是我的这只手吧。顾晓陌站起身说道,捏在一起的手指像是抖摆着一条丝巾。她又俯身捡起桌上的那个小瓶,说,我还特意为你准备了这药水。

顾小姐果真还懂医吗?

所谓术业有偏攻。有时候,往往弓箭不能完成的,一把钝斧反而就能派上用场。顾晓陌说完,提前弯着眼睛笑开了。她又说,药水其实只是外婆的一个土方。

李寻烟弓着腰身,笑呵呵地给清水泡上一杯龙井,又问顾晓陌,我是不是还需要出去呢?

这大楼里,血腥重,阴气也就重。清水先生如果不介意,我倒建议咱们换个清净的去处,比如说茶楼或是咖啡馆,顾晓陌嬉笑道,那样的地方,蛇都会安静地忘了盘腰。

车子又来到了凯司令咖啡馆。在李寻烟让一名特工点香的时间里,顾晓陌还是没忘了让服务生抓紧打开留声机。我欢喜听哪一首,你晓得的。顾晓陌说。

龙不翻身雨不下,雨不洒花花不红。顾晓陌就在自己那样的清唱里,踩着清水一样的歌声走向走廊尽头的一个包间。清水已经在那里等候,刚才,他在里头换上了一身宽松的和服。他有点儿觉得,像是回到了他的家乡奈良。

走进包间的顾晓陌转身合上了房门。

几分钟后,包间里响起三声枪响,却被外头的歌声给盖住了。

地上的清水艰难地打开房门,满身血污,他想支撑着站起,却又一头跌倒在门口的地毯上。他的卫兵那时都守在咖啡馆的门口,惶恐的他于是朝天花板开了一枪。人群即刻聚拢了过来。

李寻烟一头撞进包间，顾晓陌早已不知去向。地毯上，三颗"对面笑"的子弹壳似乎还在冒烟。另外一个方向，窗户洞开，顾晓陌是踩着一张凳子爬上窗台逃离的。凳子的白色亚麻围布上，留着两只铅灰的脚印。窗口的三炷檀香，那时才燃了一半。钻进来的风将掉落的香灰扬起，落在旁边打翻的药瓶和几根用过的棉签上。

清水在第一时间被送往医院，并没有完全失去神志。他恍惚记得包间里的那一段，站在他身后的顾晓陌是在念了那段咒语后打开的药瓶，又将药水涂抹在他的腰上。顾晓陌说，清水先生，身上都被你抓破了，你的伤口还有新鲜的血丝。清水问，顾小姐，那是不是要比上次好多了？顾晓陌没有回答，只是涂抹着手里的药水。

檀香的香雾缭绕，开始让清水有点瞌睡。

但随后的刺鼻药水味，又阻止他在睡意中陷入。突然，他又闻到了身后空气中夹杂的一股金属气味。清水顿时警醒，一个条件反射的急翻身，朝着地上扑去。耳膜中的第一记枪声就是在这时响起的，子弹正好落在他的肩膀上。顾晓陌朝他冲上去的时候，清水急忙将脑袋埋进了短腿的咖啡桌下，只将和服下撅起的屁股和两条腿留给顾晓陌。顾晓陌抬脚踢了一下咖啡桌，只是移动了几厘米，第二颗子弹就射在了他的腰上。清水的屁股抖了一下。就在双方再次的慌乱间，顾晓陌又紧接着补了一枪。

手术时，医生从清水的身上取出了两颗子弹。宪兵队通过现场勘查，在一条桌腿的底部找到了深陷其内的第三颗子弹。

76号的摩托和卡车一辆辆驶出，租界里开始穿梭起巡捕忙碌的身影，全城都在暗中搜捕顾晓陌。但这一切又都尽量显得不动声色，发生这样的刺杀事件多少令宪兵司令部觉得脸上挂不住。

这个下午,在送走阿苏后,脚踏车上的贺羽丰在极司非尔路的路口被参与设卡的冯宝拦下,冯宝向他展示了手上通缉令中一张波浪发型的女人画像,眼里讳莫如深,嘴上却像是扎了个铁丝网,除了摇着肥头大耳,不再说一句多余的话。贺羽丰瞬间感觉眼前的一切特别不真实,阳光摇摇欲坠,胸前一阵窒息。

四面都是风,他将脚踏车踩得电闪雷鸣,还没到76号的门口就飞身下车,任凭车轮独自前冲。门口的门岗将枪一横,拦住了他。另一位门岗手里牵着一条狼狗,他说李队长不在,你回去吧。

是不是出什么事了?贺羽丰问。

出事了,出大事了。顾小姐枪杀清水先生!全城通缉!门岗放下的枪托一次次敲击在地面上。贺羽丰一把推开他,像一阵风般闯了进去。

行动处空荡的走廊上,李寻烟朝着他发疯似的奔过来,劈头就问,见到顾晓陌了吗?

你是不是可以帮她逃出上海?贺羽丰急切着问。

逃出上海?你以为上海是纸糊的吗?李寻烟一声咆哮,日本人还在我家里搜查呢,他们问我顾晓陌是重庆的还是延安的。

那你是要把她交给宪兵队?

找不到人,我们都是过河的卒,没有退路!李寻烟一阵沮丧,猛地挥了一下手说。

贺羽丰记不清楚那天是怎么回到棋社的,只记得朱修养在门口问他,你的脚踏车呢?

夜幕降临的时候,贺羽丰徘徊在棋社外苏州河的月光中。

那时，成功逃离后又坐在黑暗中的顾晓陌心绪难平，她对这一天的刺杀喜恨交加。令她悔恨的是自己没能当场结果清水的性命。她原本以为在那个雪花飘扬的冬日里，自己已经有了开枪的经验。可当这天上午自己掏出包中的手枪时，心里还是咯噔了一下。也就是这一念之间，让清水逃过了一劫。但她知道，清水的寿命不会比这一年的日历还长。前一天晚上，她在瓶子里掺了毒，她的第二枪对准的就是自己涂抹药水的部位，溶进血液的毒剂早晚会让清水全身病变而死。

三年前的那个圣诞节前排演的晚上，顾晓陌的父亲就是死在清水的手里。顾晓陌记得那天的校门口，包着犹太头巾的女子在拦住她后直截了当地说，我知道你是国父纪念医院顾医生的女儿，我现在通知你，你今天不能回家了，你最好还得辍学，换一个名字，离开上海躲避一段时间。

国父纪念医院有好多个顾医生,我想你是找错人了。顾晓陌将女子甩在了身后。

你是顾正红烈士的堂妹,我曾经是他的工友。女子平静地说,你要相信我。

堂哥顾正红的死已经是十多年前的往事,顾晓陌依稀记得,为反对当时的日本纱厂停工和克扣工钱,堂哥带领工友冲击厂门,最终被子弹击中。之后,上海几十万名工人学生走上街头,发动了轰轰烈烈的声援示威运动。

顾晓陌至今仍不清楚父亲当初加入的是什么组织,她后来知道家里其实是他们的联络点,因为叛徒的出卖,父亲那天中弹逃到一楼后,第一个死在了清水的军刀下。如果不是因为那个女子在校门口将自己拦住,顾晓陌那时应该正在家中楼下的卧室里。寄住在一楼另外一间卧室的表姐,就是在闻声赶出后遭遇了轮奸，当晚就将身子交给了黄浦江。

该怎么称呼你？临别时，顾晓陌问眼前的女子。

他日若有缘相见，记得在心里叫我姐姐。不过你最好忘了我这张脸。

为了替父亲报仇，顾晓陌曲折地等待，已经埋伏了多年。

其间，她终究还是遇见了这位姐姐，就在她认识李寻烟后，一次76号谍报科的聚会上。对方似乎对她视而不见，只是在洗手间里一次擦肩而过时，顾晓陌听到了耳边一句很轻的话语，顾小姐，你变漂亮了。顾晓陌停下，依旧面对着眼前的化妆镜子，就像她从未听到那个声音。又一句话在光洁的瓷砖墙面上飘过：看来，藏在心底的仇恨可以滋养一个女子的容貌。说完，她抽出手中的两张纸巾，摆在洗手台上，留给了顾晓陌。

顾晓陌后来从未向李寻烟打听过这个女子。只是偶尔看到她在电讯处的收发室里飘忽的身影。她又曾经和顾晓陌上了同一辆轨道电车,并在下车时将一张纸条塞到了顾晓陌手里。原来她是想让顾晓陌去一趟大光明戏院,看一场译意风电影,设法告诉她的接头人,自己目前已经无法脱身。

果然,76号没有给她留下更多的潜伏时间,他们在重庆也有内应。

那天的午夜,在大光明戏院里戴着耳机时,顾晓陌曾经有过冲动,她想对贺羽丰说,如果你曾经寻找过一个代号老爹的勇士,那么,事实上她已经不在了。我还没来得及替她在墙角处留下接头的信息,她就已经被捕。我曾经穿着旗袍踩着高跟鞋独自去过影院的二楼,但我们留给彼此的都只是一个背影。几天后,就在一片小丛林里,被敲断骨头的老爹虽然是屈跪着双腿,却依旧目光晶莹,对我一片深情。在张口含进几片空中飞舞的冰凉的雪花后,我的这位姐姐,就死在了我的枪口下。

事实上,老爹早就做好了牺牲的准备。行动处毕忠良带着队员向她靠近时,响彻在房里的留声机正播放着一段越剧唱腔,这让围捕人员一时误以为是找错了地址。房门被撞开时,等候在窗台上的老爹在扔出一颗炸弹后像一段水袖般从四楼飘下。街上的行人回忆,那时他们似乎看到了跳楼女子脸上的喜悦。行人说,她像是从舞台上飘落下来的,美不胜收。但是可惜了,这女子最终就是被这棵壮年的梧桐树给挡住了,掉落到地面时,我只听得她叫了一声哎哟,应该是很痛吧。

老爹总共在76号潜伏了387天。毕忠良那天望着老爹纵身一跃的一幕,久久站着一言不发。他俯视着地上的老爹一条腿屈了起来,像一只向前爬行的壁虎，但是却深陷在一堆血中一动不动。很久以后，他站在窗台前长长地吁了口气，轻声说，你赢了。

顾晓陌正待闭眼时，耳边响起了两下细碎的敲门声。

是我，贺羽丰。

顾晓陌开门，窗口漏进的一抹月光里，看到的是赤着双脚站在地上的贺羽丰。

你的鞋子呢？

刚才在路上跑丢了。贺羽丰说，你果真是在这里。

之前的几个小时里，贺羽丰撒开腿，沿着河堤，朝着苏州河的上游一阵狂奔。四面都是风，月下的夜色里，通往圣约翰大学的那条路，吞吃着他的脚步并不断往前生长着，怎么也跑不完。

28

贺羽丰离开圣约翰大学回到石浦棋社，已是第二天上午。那时，关于顾晓陌那场惊心动魄的刺杀，朱修阳和陶大春已经知晓。

你去哪儿了？朱修阳说，我们到处在找你。

我也是找了一个晚上的顾晓陌。贺羽丰回答，你说她能去哪里？她又不是盘丝大仙，怎么就像水蒸气一样蒸发掉了？

陶大春没有理会贺羽丰和朱修阳，而是一言不发地青着一张脸喝茶。喝着喝着，他突然站起身来，将驻防浙西的八十六军军部的一份《战时简报》扔在了桌上，怒道，狗日的，竟然在县城里空投鼠疫菌，公然违反国际法，惨无人道！

陶大春怒气冲冲地走出了棋社，走出很长

一段路后才被贺羽丰追上。贺羽丰将他拉到一个僻静处，问，大春哥，我想同你谈一笔小生意。那事情，我要是动手了，你能帮我偷带个人离开上海吗？

你说的是顾晓陌？

我是说如果，是谁很重要吗？

陶大春笑了，只要给得起足够的钞票，宪兵队里也就会有人干，可以走水路；再说我们的暗杀名单里，除了李寻烟，原本就有着清水。顾晓陌替我们做了这事，那么这个忙我们必须帮。

说好了，大春哥，钞票得你出，一言为定。

你不反悔我就谢天谢地了，现在下手，说不定他们还会以为李寻烟是畏罪自杀，我先替戴老板感谢你！

贺羽丰也笑了，说，戴老板心狠手辣，果

断独行，我佩服。明天见。

陶大春拱了一下手，很江湖地消失在夜色中，像是被漫长的黑夜给吸了进去。贺羽丰望着陶大春消失在视野深处，静默地站了很久，然后折回身，缓慢地向棋社走去。棋社亮着黄亮的灯火，他突然觉得无比温暖，心里有了许多感慨，觉得一生说长很长，但是说短，也就是一刹那的事。

回到棋社，朱修阳像老僧一样，入定般地坐在桌前。贺羽丰就在他面前站着，微笑地看着朱修阳，说，姐夫，你把它给我，我明天就带进去。

我说过，这事轮不到你，我们应该另想办法。

你当初说的只是不让我开枪，没说不让我动手。我现在都想好了。

想好什么了？

都是投毒，为什么我还需要念及无谓的仁慈？

朱修阳的眼里是两道深邃的光。他无法相信这话是出自贺羽丰的嘴里。

别再夜长梦多了，姐夫，这是早晚的事。道理你比我更清楚，只是你一直不想提醒我，当初救爹的是李海峰，现在要杀的是李寻烟，这是两个人。

朱修阳像是被这句话猛地撞了一下，但他随即又将眼光凝聚在了远处。

我虽然不属于你们的组织，但你要相信，我也有热血，也和你头顶着同样一片天，有着共同的国仇和家恨。棋盘上的每一颗棋子，都有着保家卫国的使命。这是爹曾经说过的话。

这一天的棋社里，朱修阳后来一个人上楼。在卧室里静坐了很久，他才心事重重地将那个铁盒交给贺羽丰。铁盒在他手中停留了好久,仿佛是舍不得给出去似的。他说,你姐要是晓得了,准会掐死我的。

放心,她舍不得掐死你。贺羽丰说,但这事如果是你让我姐知道了,小心我会掐死你。

贺羽丰的心中开始生长确切的坚定,是在那天陶大春摆出铁盒的时候。上海街头自发的抗日锄奸时有发生,那些倒下的"抗日杀奸团"中的学生比他更年轻。对此,他也产生了一种仿佛来自井底的,泉水般涌动着的力量。中国那么大,要杀的鬼子和二鬼子那么多,但唯有杀李寻烟是摆在自己眼前唾手可得的机会。如今,连顾晓陌都那样无所畏惧,她倒反而更像是一个快意恩仇的男人。

况且李寻烟不除,顾晓陌迟早会在76号的手里出事。

贺羽丰不会忘记,此前的圣约翰大学的苏州职员宿舍里,他曾问过顾晓陌,李寻烟能帮你吗？我比你更了解他，他现在是自身难保，除了带我去见清水，不会有另外的想法。顾晓陌沉吟半刻后说，他没有第二步棋好走，只能丢卒保车。

他原本想的是明天从李寻烟的办公室带出一枚棋子，将它掏空，藏进毒粉。再次进入76号时，门岗要是问起，那就回答是和李寻烟下棋时放进袋里的死棋。可是如何将掏空后的棋子复原却是个难题。他最后想出的一个办法其实很简单，将毒粉装进一个小布袋里，就缝在自己的裤脚管上，将裤管卷上几卷。

贺羽丰第二天来到李寻烟的办公室时，门是锁着的。一名勤务告诉他，李队长从昨天傍晚到现在，一直未露面。他又问勤务，能不能让他进里面坐坐？他可以等候李队长回来。勤务用手掌盖住他的耳朵说，实话告诉你，这办公室现在已经封了，没有宪兵队的指令，谁也进不了。

事实上，李寻烟整个晚上都坐在清水病房外的长条凳上，脚下是满地的烟蒂。清水虽然已经醒了，但却拒绝见他。宪兵带出来的口谕始终只有一句，带着顾小姐来见我，活要见人，死要见尸。

李寻烟知道，找到顾晓陌是早晚的事。但令他更犹豫的，是顾晓陌肚里的孩子。顾晓陌的命和孩子的命是连在一起的。

冯宝差不多是在这天的中午时分到来的，他在李寻烟的耳边私语了几句后，李寻烟随即踩灭了脚下出现的又一个烟头，抓起礼帽带上冯宝匆匆离开了医院。

车上，冯宝怯怯地说，哥，在我看来，嫂子这次是保不住了。你何不……？李寻烟望着车窗外的街景，一张脸阴得像腊月临下雪前的天气。他皱了一下眉,将手中的礼帽举起,冯宝于是将到了嘴边的话又收了回去。

后来,车子就在这样的安静中,摇摇晃晃地向前。开出了好长一段路以后,李寻烟像是想通了似的,突然说,就依你。

这天中午,贺羽丰原本是应该回棋社的,但他的脚踏车却还是不由自主地掉转方向,朝着圣约翰大学骑去。

顾晓陌那天突然情绪低落。她站在贺羽丰面前,说,你不应该再来了,你看我现在一副残花败柳的模样,我好像觉得自己的花期已经过了。我刚才在模糊中听到爹在那边喊我,两眼都是泪。

贺羽丰笑了,顾晓陌就说,你有什么好笑的?

贺羽丰就慢慢地收起了笑,眼睛直直地盯

着顾晓陌,压低了嗓门咬着牙说,要杀要剐,老子陪着你。

顾晓陌的脸瞬间变得出奇的平静,她的脸在光线的映衬下,显得洁净而润白,可以看到一层细密而温柔的绒毛。顾晓陌说,只怕你陪不了我。这上海,你闭上眼,或许一夜好梦,可一旦醒来,看到的头顶只是一手遮天。爹是对的,只要是一个中国男人,就应该砍掉这只手。所以我现在也不后悔。但你还是要活着,不然就没人举起斧头。

顾晓陌的话刚说完,房门就被踢开了。冯宝带着几个打手出现在他们眼里,后面跟进来的是李寻烟。从这天早上开始,冯宝已经安排人员一直跟踪着贺羽丰。

贺羽丰拦在了顾晓陌身前。李寻烟走了上来,说,你觉得这样还有意义吗?

圣约翰大学的纪念坊下,被押送的顾晓陌转身注视那棵在秋风里沙沙作响的硕大的香樟树,又抬头深情地凝望牌楼石条正中的四个校训大字:光与真理。

顾晓陌含着笑问贺羽丰,光与真理,英文该怎么说?

Light and Truth!

顾晓陌看到,贺羽丰的眼里有着确定,也有着坚定。于是她就愉快地点了一下头。

香樟树,常青树,哪怕是落叶也是蝴蝶一般的优美。顾晓陌又望着贺羽丰说,记得给我捡上几片,来年可以做书签。

贺羽丰永远记得,那个阳光下的秋日里,圣约翰大学香樟树的树叶间闪烁着细碎的金黄,夕阳还未及洒下,但这个午后却胜似铺满了朝阳。

Mr Hello Earphone,顾晓陌说,贺羽丰

你要记着,你是人间四月天里的光。

贺羽丰的眼跟随着顾晓陌的脚步走过了很长的一段路程,他恍惚觉得,顾晓陌的背影是一直在跟自己说话的。

顾晓陌最终消失在学校铁门的拐角处。此前,她再次回头时,眼前就蒙上了一场细雨。

贺羽丰的背后,香樟树依旧在秋风中沙沙作响,像是一列进站后停下喘息的火车,又或者是一场秋雨已经奔波在路上。

顾晓陌的香消玉殒就是在这一天的晚上。得知她已落网的消息,清水的助理带人在第一时间赶到了76号。助理说,李队长,清水先生的意思是,你不觉得将顾小姐交给我们宪兵队更合适吗?

相信我,我们已经调查过了,她只是为了她父亲。她的父亲,如果……如果清水先生还能记得的话,李寻烟声音忐忑地说,就是……就是国父纪念医院的顾医生。

恐怕没这么简单吧,助理冷冷地说,我们想知道的是她到底是姓国还是姓共,她的同伙又在哪里。

告诉那个杀千刀的,我既不姓国也不姓共,我只是跟着我父亲姓顾,国父纪念医院急诊室顾医生的顾,民国十四年棉纱七厂顾正红的顾。

这话你可能要到了刑讯室里说了才算。你知道,他们很喜欢你这样的妙龄女子,会相互争抢这次难得的审讯机遇。李队长,别说我没提醒你,你帮不了她。对不住了。

助理将手中摘下的白手套朝空中挥了一下,像是在驱赶蚊虫似的。几个持枪的宪兵便朝着顾晓陌大步地走去,顾晓陌抢上一步,猛地抽出李寻烟腰间的佩枪,抬起的枪口对着自己的脖颈扣动了扳机。

血像自来水一样从顾晓陌脖颈间敞开的洞口里涌出,瞬间流成一条河。地上的顾晓陌望着眼前石柱般的李寻烟,说,我这一次的枪法应该不错吧?能把自己打死。她最后在李寻烟的怀里咬着他的耳根说,姓李的,你也得小心。还有,我替你和安娜算过一卦,她身边现在有一个女儿。

清水的助理在救护车的鸣笛声里悻悻然地离开了76号,那时,冯宝像一株含蓄的矮脚向日葵,步步低首地将他从楼上一直送到了76号的门口。冯宝替他打开车门,颤动的排气管冒出一股浓烟后,冯宝依旧深情地站着,目送那个脸上写满晦气的男人在视线中离去。

此前的圣约翰大学校门口,冯宝也曾经替

李寻烟打开过车门。但他却抬手将贺羽丰挡在了车门前。冯宝说,你要搞搞清楚,这已经不是家事了,你现在是外人。李寻烟一言不发,看也不看车门外的贺羽丰一眼。司机从反光镜里看到,李寻烟的脸一片青色,像还不太成熟的李子的颜色。

贺羽丰于是骑着脚踏车追到了76号。在大门口,他看到冯宝正在门岗岗亭的玻璃窗后抽着烟。冯宝打开窗,把手伸出窗外,弹下了一截烟灰。一阵风恰好在这时扬起,门岗手中的长枪横了过来,拦住了欲要进门的贺羽丰。冯宝从岗亭里摇摇晃晃地出来,站在贺羽丰的面前说,你不好再进去了。

几分钟后,贺羽丰再次飞身跨上脚踏车,眼底都是风。风再次吹扬起他额头上的每一根发丝,让他更像是一匹扬鞭后的马。他穿过了好几条狭长的街道,甚至眼睛都没有去看路面,而是一直抬头看着街道上方乱糟糟的电线。在确定没有人跟踪他的时候,他有了一些小小的失望,然后他的脚踏车飞快地朝着陶大春租住的寓所里奔去。大春哥,现在还能救得了她吗?

陶大春正在喝茶,他摇了摇头说,救不了。

那你给我一把枪,我现在就去,杀死李寻烟,干掉清水!

陶大春盯着贺羽丰的眼睛,他站起身,站在了气喘吁吁的贺羽丰面前,替他整理了一下衣领,轻声说,你那等于是自杀。

就是在贺羽丰离开76号两个多钟头以后,顾晓陌手里的枪声响起。那时的十多公里外,上海天主堂街东南侧、宝带路东边路口平安里小区的一间寓所内,坐在陶大春眼前的贺羽丰突然毫无理由地从椅子上掉了下来。

朱修阳再次见到贺羽丰时，已是第三天夜里。眼前的男人，像是摊在手中被细雨淋湿的一张宣纸。

顾晓陌自杀，李寻烟跑了。话刚说完，贺羽丰就垂下了几天里一直没有合过的眼。从他松开的手里，那袋药粉跌落在了地上。

贺羽丰之前再次赶往76号时，是第二天的中午，门岗告诉他前一天晚上已经发生的好多事情：顾小姐开枪自杀了。李队长抱着她在办公室里坐了一宿。早上6点钟我们推开门时，人和尸体都不见了，只有地上的一摊血。我们到处找，现在没有一点消息。

你说这事情怪不怪，他们像是插上翅膀飞

走了。门岗说着,缩起双肩,眼里一阵惊恐。

贺羽丰在大门外足足等了一天。卡车和摩托车载着特务们进进出出,门岗始终对着他一个劲地摇头。八成是逃跑了,门岗说,你想啊,清水先生那边怎么去交代啊?

那天贺羽丰什么也没有说,只是望着门岗里面的76号院子怅然若失。

那天深夜,安顿好贺羽丰的朱修阳捡起地上的那袋药粉,合上门板,离开棋社。他在河边的一棵柳树下拆开袋口的缝线,将袋中的粉末纷纷扬扬地撒入了苏州河。路灯下的波光里,一群被惊醒的鱼兴奋着游了过来。还没来得及在水面上沉下,粉末就已经淌入鱼儿们张合的嘴里。那其实只是一包面粉,贺羽丰伸手向他要药粉的那天晚上,朱修阳在楼上将药粉掉了包。在找到顾晓陌之前,你就是想要拖着贺羽丰离开上海，他也会死死抓住眼前的一把土。朱修阳那时想。而现在一切都已物是人非，他不由得背靠在那棵弯曲的柳树上，慢慢蹲下，深深地吐出一口气。

剩下的事，只属于他和陶大春了。翻遍上海滩也要找到李寻烟，决不能让他躲过自己的枪口。

这一天的日历，已经撕到了1941年的12月3日。4天后，就像是朱修阳在苏州河里撒下的那袋面粉，日本海军从航空母舰上起飞的350余架舰载飞机，在美国海军太平洋舰队夏威夷基地的珍珠港上空，数以吨计的穿甲炸弹像纸片一样撒下。很快，美国正式对日宣战的消息传遍了上海。上海也从此不再是英法租界和公共租界，到处都是横冲直撞的日本兵，像被洪水冲破了蚁巢后，四处疯狂奔走的蚂蚁。

闻听新鲜战事的消息传来，清水第一次在

医院病床上坐了起来。那时,几乎和他一起醒来的,还有石浦棋社里的贺羽丰。

30

贺羽丰张开眼看到的第一张脸,是坐在床前瓷器般静默与洁净的阿苏。阿苏抓起他的手,说,起来,跟我走。

贺羽丰直到这天才知道,阿苏原来已经搬到了新闸路上的南安立公寓。

把门锁上,阿苏说。

阿苏将一个文件袋交到贺羽丰的手里,一个人坐到墙角处,说,你自己看吧,我都没拆开过。

文件袋里,首先抽出的是一张信纸,剩下的是一个绿色铁皮盒。

信是写给贺羽丰的:

别再试图追杀我,我已经在离开上海的路上。不要奇怪我是怎么消失的,只要我想离开,谁也挡不住。在化装方面,我依旧是高手。更何况,稍后你就会知道,现在的我已经是一个残缺的男人。

那天让你送出的密件其实是在试探你。

如果有心,请记得以后为晓陌上香,还有她肚里的孩子。我这辈子,看来注定无后。

三天后的晚上,清水将要带着冯宝一起坐火车去南京,他们的手里会有一份上海周边"清乡计划"的执行书。如果你不截住他,重庆政府隐藏在苏州的组织架构和成员名单就会出现在南京政府的案头。

冯宝会离开卧铺包间一阵子,那就是你的机会,去替晓陌干掉他!

…………

夜幕即将降临。注定这是一段比黑夜还要黑的夜,比沉默还要沉的沉默。

你之前说的破碎的家,还有天各一方的家人,莫非指的就是他?贺羽丰静默长久后问。

我不想和他有任何关系,但我依旧想念我的嫂子安娜。阿苏任凭眼泪肆意涌出,像是那样的流淌可以帮助自己清洗一番夜色中的脸。

你送出的那份密件,其实根本就没有收件人。但他在法国总会的草地上安排了一个俄罗斯女人盯梢,你们的人去取件就等于是彻底暴露了。

他是昨天半夜里找的我,阿苏抬起眼帘,她侧身坐着,望着窗外。窗外什么都没有。贺羽丰终于知道,去年的10月,李寻烟离开南京只身来到上海,与东吴大学法学院正要毕业的妹妹有过一次隐秘的碰面,但临别时说的话却是两人再也不能见面。阿苏说亏你还是我哥,你先是把嫂子给搞丢了,然后在上海沦陷后撤退去重庆时又不让我姓李,现在好不容易来上海了,却连见面也不行了,那你是来上海干吗了?李寻烟回答,我在重庆时,要是有人知道你是我妹妹,日本人会盯上你。而现在,这样的隐情又会让上海的其他一帮人找上你。总之,只要你是我的家人,你就不是安全的。

此后的几天,就在大光明戏院门口,阿苏见到了正要抬腿登上76号防弹小车的李寻烟,他身后的几个黑衣随从将一对开面馆的夫妻扔进了后面的一辆篷车,两夫妻已经奄奄一息,脸上身上都是血。车子启动时,李寻烟看到了站在街边木头一样的阿苏,但他转过视线,不带任何表情,只是任凭身边的车窗在阿苏的眼里慢慢摇上。

阿苏自嘲地笑了一下,说,我就是那个不安全的人,而他冷得像一台冰冷而精密的机器。

垂泪的阿苏依旧留在角落处,依然侧身坐着,望着无边无际的窗外。贺羽丰独自打开铁盒后,首先看到的是左边格子里的一个小号泥捏观音像,黄灿灿的颜色。另外一边的格子里是一个香囊袋,拆开袋口,出现在眼里的是一只割下的耳朵和一截断指,血迹已经风干。李寻烟另外留了一张纸条:我把自己的耳朵和右手的食指给你留下,相信我,没有了手指,一个谍报人员就是一个废人。虽然没有一只耳朵照样可以侦听,但这也代表我的谢罪。看在观音的面上,放我一马,也愿佛祖能保佑你成功干掉清水。

几分钟后,贺羽丰终于明白李寻烟给他这个观音像的真实用意。令他难以相信的是,李寻烟原来就是那个蹲在棋社外路灯下的卖佛事用品的小贩。从一开始,他就将自己伪装起来，独自观察着棋社的周围。这个男人，白天一张脸，夜晚一张脸，却没有一张脸是真正属于他自己的。而现在，失去了耳朵和手指，他就更方便改头换面了。难怪他会说只要我想离开，谁也挡不住。

你会去杀他吗？阿苏在角落里问，声音像是从暗夜中的房顶掉落，我说的是清水。

为什么不去？杀了一个少一个。贺羽丰散淡却又坚定地说，冯宝我也不让他留下。

阿苏起身，推开小门走到阳台上，转身对贺羽丰说，你过来。

昏黄灯影的掩映下，阿苏沿着斑驳的砖土墙壁，缓步走到栏杆处的一排花盆前，指着其中的一个，问，你还记得它吗？

是你种的常春藤。这么多年，你一直带着它？

阿苏并不回答，只是将手深插进花盆的土

里，又翻开。里头露出的是一个油纸包裹。她又在月色下将包裹的绳线拆开，那时，出现在贺羽丰眼里的，是一把枪。

给你，阿苏说，安娜是我的嫂子，但晓陌姐，我也认她是我的嫂子。阿苏说完，在胸前画了一个十字。

这让阿苏想起了1937年上海沦陷后，她还是坚持着要留下继续上学。这把"菊花口"，就是李寻烟当初去重庆前给她留下的。拿着它，万不得已时，可以防身。李寻烟穿着灰黄色的风衣，站在阿苏面前说。换掉你的名字，记住别再让人知道你姓李，是我的妹妹。

那时的李寻烟，其实是叫李海峰。

上帝保佑你，贺羽丰，记得你要活着。阿苏又在胸前画了个十字，踮起脚尖，捧起贺羽丰的额头，留下一个湿润的轻吻。让那些尘土重归于尘土，阿门！

事实上，李寻烟并不想离开上海，他其实还在下着另外一局棋。那天晚上，在上海西郊一块空闲的草地上埋下顾晓陌的尸体后，他就出现在了冯宝寓所的周围。第二天早上，他租下了隔壁的一个二楼亭子间，从此深居简出，只是偶尔在深夜里化装出现在秋风渡石库门的弄堂口。那次失败的围捕，清水抢先出马，他让冯宝滚出自己的办公室后，就暗中开始了对冯宝的调查。秘书室的人告诉他，冯宝会在几天后与清水一起去南京，目的就是向南京方面呈交另外的一份清乡计划书。而这份计划书正是在李寻烟的基础上增加一些细节后改进形成的，冯宝已经将李寻烟计划书的内容告知了清水。

那天深夜,打开房门的冯宝在抽出锁孔里的钥匙后,正要转身关门,一个黑衣男人就闪了进来。冯宝还未来得及拔枪,对方就说,不要紧张,是我,李寻烟。

冯宝打开灯,依旧止不住的愕然。

李寻烟抬起手,示意他不用说话。冯宝一脸未及消退的紧张,在他对面坐下。

听说你要和清水一起去南京拜见要员?

既然你都知道了,我也不用瞒你了,哥。

冯宝正要解释,李寻烟又抬起了手,说,给我倒杯水吧。

珍珠港事件,美国对日本宣战,知道了吧?

冯宝点头。

这事你怎么看?

冯宝茫然地摇头。

太阳旗早晚有一天会垮下，清水能不能平安回日本，得看他的运气。但那旗杆还是上海的，你我还是上海的。上海，也还是中国的。

冯宝拉近了椅子。

再也不能跟中国人作对，南京的周佛海周先生就比我们看得远。李寻烟像是喝下了一口意味深长的凉水。他和重庆密切得像青梅竹马的恋人。

这天的后来，李寻烟告诉冯宝，他会安排中国车警在冯宝去南京那列车的一节普通车厢的卫生间里，给冯宝留下一个包裹。

带着这个包裹里的文件，在南京逗留时秘密交给周先生，周先生定会记住你的，我已经跟他提过你的名字。李寻烟说。

满脑肥肠的冯宝将臃肿的身躯在椅子上挪了挪，反应似乎慢了半拍。

包裹里还有我留给你的三根金条，如果周

先生建议你在南京留下,记得在今后给我谋个好去处。你晓得的,我现在这状况,出了顾晓陌这事情,暂时是不适合去南京的。

冯宝终于听明白了。放心吧,你永远是我的哥。冯宝说,眼里是一道几天熬夜后留下的浑浊的光。

三天后的上海火车站,贺羽丰和陶大春果真见到了肩上缠着绷带的清水,他的身边,除了冯宝,似乎没有其他随从。

之前来车站的路上,黄包车里的陶大春两眼望向街道,问身边的贺羽丰,你确定要瞒着你姐夫,不想叫上他吗?

我们家来一个人,你觉得还不够吗?贺羽丰凝望的是另外一边抖动的街道,抬起的右手整理着头上的假发。他又转身瞧了一眼陶大春,扑哧一声笑道,大春哥,你现在这样子,看上去是不是比你爹还老?

我爹和你爹一样,早就尸骨无存了。陶大春说,不过他没你爹幸运,他在逃亡的路上被狗日的机枪追上了。

贺羽丰的父亲是死于一场肺病。

那天站在月台上,客人有些萧条,像零散种植的庄稼。在上火车以前,贺羽丰一直站在火车前,一言不发。最后,陶大春在另一个车厢门口上了车。汽笛拉响后,车子摇晃了一下,缓缓前行。透过车窗,灯光中的站台在后退。阿苏的身影就是在这时突然出现在贺羽丰眼前的玻璃上。贺羽丰揉了一阵双眼,玻璃上的阿苏不见了。待到转过身时,整个人又像是突然掉进了水里,阿苏确切地就站在自己眼前。

阿苏将手指摆到嘴前,示意他别出声,只是说,我想好了,从今往后,要一直跟着你,不能让你在我眼里走远。阿苏又老气横秋地说，人生太短了。

贺羽丰上前，将她完完全全抱进了自己张开的臂弯里。窗外，唯有一闪一闪的夜色。

那天半夜，贺羽丰和陶大春是趁着冯宝离开卧铺房的时间里动手的，隔壁车厢的流动宪警已经睡下。贺羽丰缓缓推开清水的房门，陶大春的匕首第一时间落在床上的清水身上。那时，顾晓陌药水的毒性已经开始发作，绑着绷带的清水神志模糊，全身乏力，根本无力反抗。而他的那个藏着"清乡计划"执行书的公文包，就搁在床头。跟进包房的贺羽丰，用枕头牢牢盖住清水抽搐的脸，补了一枪。枕头的绒絮在眼前飞舞的时候，贺羽丰感觉做了一回真正的男人。内心里，他对着遥远的顾晓陌说，放心吧，这只黑手，我已经亲手替你砍下。

贺羽丰和陶大春弓着腰身离开包房，并且回头拉上了房门。冯宝也就是在这时折回的，他即刻拔枪，朝着门口射去。火车跑动的哐当声将深夜里的枪声盖住了一半。冯宝瞄准了贺羽丰，正要开第二枪时，陶大春手中飞出的匕首插进了他胸前。倒在地上的冯宝觉得胸口十分热，他的心跳开始加快，但这并不妨碍他再次向贺羽丰瞄准。等候在车厢接合处的阿苏转身挡住了退到跟前的贺羽丰，冯宝将第二颗子弹推送进女人的后背，几乎将阿苏的身体穿透。

阿苏是在贺羽丰的怀里渐渐冷却的，那时，陶大春已经接近冯宝，拔出他胸前的匕首后又再次插进。在火车的哐当声中，冯宝最后眼神迷离地说，我们都被李寻烟算计了。

血在阿苏身上汪洋成了一片海，黏糊糊，像是落了一地的桃花。她瓷器般苍白的脸上，寻不出半点忧伤。

抱紧我，贺羽丰。阿苏的声音越来越弱，她的脸上泛起了十分苍白的笑容，最后说出的一句是，好好活着，替我活到下辈子！

陶大春撬开车门，等候在他身后的贺羽丰紧抱着阿苏。天地间的夜色，四面灌满了冷风，模糊的泪光中，贺羽丰的眼里是一片大海一样的苍茫。跳下车厢的陶大春跟着车轮一阵疾跑，从贺羽丰手上接过了阿苏冰冷的身体。

冯宝临死前说的一句"我们都被李寻烟算计了"是有原因的。他这天并没有在那节普通车厢的卫生间里找到李寻烟所说的包裹，更别说那三根金条了。他反而是在回头后发现两个正从包间里离开的男人，追赶后，他推开包间的房门，看到床上毙命的清水时，他瞬间明白，这不是原本想象的夜盗贼，而是刺客。刚才射出的第一颗子弹，让他有一丝后悔，此时最明智的做法是转身离开，就当什么也没发生，从此消失在南京和上海。这个苍茫的乱世，哪怕是荒无人烟的深山，都能容得下任何人，但不会容得下一个在你死我活中谋生的人。

可就在这时，对面的一把匕首朝着他飞了过来。他那么臃肿，又是在狭窄的卧铺车通道里，怎么也躲不开了。于是他又知道了一个道理，许多时候，后悔是来不及的。

事实上，就在三天前那个李寻烟突然造访他的深夜，李寻烟离开将自己热情送到门口的冯宝后，暗淡的月色下，就在那个小区的石库门口，他吐出了这个冬天里的一嘴浓痰。李寻烟心中圆满的棋局是，三天后的火车上，冯宝离开包间后，清水被贺羽丰他们干掉，这不仅为地下的顾晓陌和肚里的孩子报了仇，也替自己拔掉了一颗眼中钉。接下来，他希望冯宝和贺羽丰他们有一场激烈的厮杀，谁能胜出他都无所谓，但最理想的结局是双方都倒在了车厢上，就让南京的火车带走他的怨恨和不安。然后，翻开这一局天衣无缝的盲棋的背面，也是最让他引以为豪的，是当他在日后重新靠向重庆军统方面时，让贺羽丰去刺杀清水这件事，将是他再次觐见戴老板时一份无可挑剔的"见面礼"。

通过阿苏交给贺羽丰的那封信，他当初已经拍照留存，会在适当的时间摆上戴老板的桌面。

大光明戏院的高经理得知苏小姐芳魂远去的消息是在新历元旦的前几天。眼望着手里刚抽了两口的细瘦的香烟,支身在楠木靠椅上的高经理像一支火苗细微的红烛般,颓然间已经忘了给站立在门口前来报丧的贺羽丰让个座。

是我不好,高经理说,竟然让她回来给《魂断蓝桥》配音。魂断,多少不吉利啊。高经理摘下金丝眼镜,捏着手巾的一角细细地擦拭眼角处,又声音凄切地说,可怜的玛拉,上帝也会对你愧疚的。

白净又光洁的高经理有着粉嫩的手指,他的指甲和眉毛也都是修过的。

当天下午,高经理以戏院和教堂的名义,去报馆预约了一则启事。因为贺羽丰说阿苏的遗体已经在老家入棺,他们就决定给阿苏安排一个简单的告别仪式,在万国公墓一处偏僻的角落里临时买下一块很小的墓地,差不多可以容下一个花盆。时间就定在这一年的最后一个清晨。

贺羽丰仔细打扫了阿苏的寓所,在经得房东的同意后,元旦前,他可以在门口摆上一丛菊花,另外将报社的启事贴在门页上,为的是有人来访时,能知道阿苏离去的消息。

可以准备的是一个中西结合的葬礼,入殓的其实也就是阿苏生前的一套东吴大学的校服,还有她之前挂在寓所里的一幅书法临帖:"养天地正气,法古今完人。"那是她们东吴大学的校训。只能这样了,我们中国人说的衣冠冢。查看墓地时,贺羽丰随口说出的这句话,让身边的高经理顿时觉得满眼凄凉。

届时的仪式,要不我就不参加了。望着远处的一丛松柏,贺羽丰对身边的高经理说,我看不得这一切,怕是会止不住决堤的泪水。

高经理沉默着点头,捏着手巾的一角说,你和我一样脆弱。

依照两人商量的意思,墓碑上的刻字,留的是"东吴大学法学院毕业生、大光明戏院英文电影女声传译——阿苏小姐栖息地"。至于立碑人的落款,贺羽丰想了很久,先头敲定的仅是一个英文单词:Earphone!最后,在刻字师傅正欲蹲身下锤时,又临时改成了三个国文字体:常春藤!

石碑落地后的当天晚上,贺羽丰将那盆常春藤提前安放在了墓前的月光下。瞬间,常春藤就被月光浇洒得湿淋淋的,像是下过了一场小雨。

冯宝和清水离开上海前往南京后的一两天里,李寻烟更加深居简出。他像一个耐心的渔夫，并不急着拉网翻看这一次的总体收成。三四天后的连续几个深夜，他再去冯宝的寓所时，迎接他的依旧是冬夜里的深锁。他又不敢冒着风险去极司菲尔路或者苏州河畔的石浦棋社查看个究竟。于是，化装后的他开始每天去报摊上买下各种报纸，他希望在那里能看到清水毙命的消息。但所有的版面上居然没有似乎能够与这次事件扯上关系的任何文字，他甚至埋头去每一份报纸的夹缝里，在其中的讣告栏里耐心地搜寻。

终于有一天，他被讣告栏里的一段文字吓蒙了：东吴大学法学院毕业生、大光明戏院英文电影女声传译——阿苏小姐不幸远去，定于……

后面的文字，李寻烟已经不敢再往下看。

等不到夜色降临，李寻烟就来到了阿苏租住的那间寓所。等候他的是门板上同样一张报纸的裁剪页，外加门口的一丛菊花。

隔壁的租客那时恰巧在楼下出现，李寻烟上前询问，指着门口处，先生，你晓得这是怎么回事吗？

什么怎么回事？没见过死人吗？这年头，在上海，死个人比死条狗还正常。

少见多怪！租客搂起身边正抬手收拾头发的妖艳女人的腰，扔下这句话后，兴致勃勃地离开李寻烟的视线，走进属于自己的房间。门无声地合上了，像是一场戏院里的谢幕一样，这让李寻烟不由得怅然若失。

万国公墓的告别仪式上，教会安排了一个新来的香港牧师，但他在现场的祷告用的也还是英文，这是高经理特意强调的，必须这样，苏小姐是国际文化的交流使者，我们甚至可以说她是飞翔在地球两端间的天使。

她就是这么高贵,高经理跷着他十分修长的兰花指说。时至今日,说到阿苏他的眼前仍然会泛起一阵薄雾。

仪式结束后,同学和友人们纷纷在行礼后离去。常春藤旁多出了一堆众人留下的菊花。

留下的高经理对着常春藤上的一滴露珠若有所思,嘴里一阵深情道,尘归尘,水归水,我感觉苏小姐干干净净的灵魂现在就停留在这滴晶莹的露珠上。看着吧,今天上午的阳光很快就会带走她,升向天国。高经理说这话的腔调,有些像玻璃电台里著名的男声播音员。

最后一个离去的是那个香港牧师。

李寻烟其实早就来到了公墓。他那天特意给自己找了一条厚重的围巾,为的是方便盖住自己的脖子和脖子上的半张脸。这一天的化装,由不得他半点马虎。

李寻烟起初并没有混进人群,他藏身在远

处，目光在墓碑前遥望搜寻，贺羽丰应该是没在，他的姐夫也不在。或许，他们已经消失在了去南京的列车上。李寻烟于是几乎安妥了一条心。靠近墓穴后，穿过众人的肩膀，没有见到遗体是确定的。墓碑上，也少了一张妹妹的照片。

李寻烟之前原本是有着一张阿苏的照片的。十多天前的那个夜晚，他带着顾晓陌的遗体离开76号前，翻遍自己的办公室，却再也没有见到之前和妻子安娜的照片搁在一起的那张妹妹的照片。他那时心里就咯噔了一下，像是有一种不祥的预感，于是就在突然间很想见阿苏一面。

事实上，同一天的上午，他刚给贺羽丰准备好那封密件时，冯宝恰巧闯了进来，他于是将密件收进了抽屉里。也就是在此时的仓促整理间，他鬼使神差般地将抽屉里头阿苏的照片一起塞进了将要给贺羽丰的那个文件袋。两个钟头后,陶大春在朱修阳的黄包车上拆开密封时,那张照片又被随手带了出来,飘落在途中,谁也没有发现。

李寻烟一直尾随着香港牧师,直到跟着他走进了公墓外的一家茶馆。

牧师先生,我想请问一下,方才入葬的那位小姐,怎么只有几件校服?

牧师转头,说,对不起,先生,我听不懂中文,你能跟我说英文吗?

李寻烟愣了一下,起初犹疑冻结的脸上瞬间便如梦方醒,还没来得及转身,背后的一管枪口就已经抵达了他的腰间,李队长,你终于来了。戴老板已经等了你很久。

说话的是陶大春。

这时,贺羽丰也在他面前脱下了牧师的长袍,又随即掀去了头顶的发套。

等候在那里的朱修阳转身泡了一杯茶水，给李寻烟端上，又指着桌上一局未及下完的象棋说，李队长，有没有兴趣将这局棋收官？

谢谢你的好意，我还没想好是否要喝你的水。李寻烟回答道。

朱修阳一阵摇头，带在身上的那包毒粉看来是确定派不上用场了，虽然，之前贺羽丰也提过反对意见，60个小时才能断命？姐夫，你不觉得太久了吗？

我想知道阿苏是怎么死的。李寻烟逼着贺羽丰问。

是冯宝开的枪。贺羽丰说，在去南京的火车上。

一切都是他妈的命中注定，李寻烟转过头去，很快就制止了让这个冬天的苍凉在心头的继续逗留。

棋终归还是要下的。但贺羽丰没有给李寻

烟留下任何机会，局势明朗时，贺羽丰在桌面上敲出了一段电码，李寻烟一直都在盯着他的手指。贺羽丰是用电码在跟他说，对不起，今天没有平局的机会！

李寻烟抬起的眼里一阵惊慌。

左手下棋不方便，你还是抽出口袋里的右手吧，贺羽丰平静地说，我晓得的，你那还是一只完整的手。

陶大春猛地抬手，揭去李寻烟脖子上的围巾，两只好好的耳朵原来也都在。

李寻烟挣扎着，正欲拔枪起身，陶大春的子弹已经先一步进入了他的后腰。一注新鲜的血顶撞着子弹的方向喷了出来。那时，贺羽丰也拔出了腰间的那把枪，但他还是没有动手，只是摸了摸枪管，心里想的是，这把枪毕竟还是阿苏留下的。

抬头望了一眼安放在茶楼墙上的自鸣钟，

贺羽丰发现,时间,已经快要是中午了。

12点的钟声响起时,三人从茶楼里鱼贯而出。街面上的三辆脚踏车很快就在茶楼老板的眼里消失。朱修阳像是半开玩笑地对陶大春说,我早同你讲过,机会是在下一个路口的。这是你们的家事,理应你动手。

——◆◆ 33 ◆◆——

1945年8月下旬,光复后的上海,老唐带着赵亚晴风尘仆仆地来到了石浦棋社。赵亚晴的手中提着两只慌张的母鸡,她对丈夫朱修阳说,你一直不回去,我只好带着它们来见你了。要不然,这鸡肉都要长得比我身上的还老了。

在老唐的影响和争取下,赵亚晴已经加入

了老家当地的浙西党小组。

夫妇一条心，泥土变黄金。老唐拍着夫妻双方的肩膀说。朱修阳却恨恨地盯了他一眼，说，老唐，你就不能给我们家留个看院子的人吗？老唐扑哧一声，像一个漏了气的皮球说，别做梦了，你以为你家还有院子啊？早就被狗日的给炸平了。

老唐不再理会朱修阳，后来他又质问贺羽丰，你当初不是在背地里叫我唐纳德吗？那好，你今天就带我去看一眼那只美国的鸭子。

老唐你不晓得的，朱修阳笑道，珍珠港事件后，上海已经很多年没有美国电影了。但估计现在的戏院里，应该是找不出日本电影了。

陶大春就是在这时低头离开了棋社。他消失得无影无踪，仿佛和他的飓风队，都只是上海一场旧梦的一个片断。

时间很快到了1950年夏天，新中国成立后的上海市公安局，正是上午的时光里，警卫员领着一个年轻的女同志走进了反特侦查科科长贺羽丰的办公室。女孩十八九岁的样子，警卫员礼毕后说，这是科里新来的秘书，叫江小欢。贺羽丰睁大双眼细瞧着站在门口止不住忐忑的女孩，越看越觉得眼熟。十年前的往事浮起时，他终于想起那个曾经在上海街头寻找母亲的女孩。那时，她将母亲的画像挂在后背上，画像中的母亲和记忆中的安娜十分相似。

是有这回事吗？贺羽丰问。

门口的江小欢将一双眼睛瞪成了两只杏仁，惊奇着说，科长，你怎么知道这事？

小欢的母亲的确就是李寻烟一直在寻找的妻子安娜。贺羽丰在后来的档案查询中了解到，安娜自离开杭州城北后就成了中共江苏省委上海地下交通线的一名负责人。而之前陪同小欢寻找母亲的那个男人，是叫江枫，其实是她的干爹，他是安娜曾经租住的杭州拱宸桥边时的房东。此前，安娜由于受组织的委派前往上海，于是将小欢托付给了江枫。安娜被捕后就关押在76号的监狱里，她后来是牺牲在押送往南京的途中。

小欢对自己的生身父亲毫不知情，可见安娜一直对她守口如瓶。贺羽丰当然也就没有跟她提过关于李寻烟的半个字眼。他只是在和小欢共事了两个多月后，建议她也可以认自己为干爹。

我可不介意自己有两个干爹。小欢说。

那天的办公室里，小欢羞涩着叫出第一声二爹时，贺羽丰仿佛觉得他们早就共同生活了两辈子。

阿苏的遗体掩埋，其实就是在事发当晚。

沪宁铁路线旁的一个小山坡上,逃亡路上的贺羽丰和陶大春,只能草草盖上几层土石。若干年后,贺羽丰带着江小欢沿路寻找,在一个似是而非的土坡上,两人最终带回了一瓶新鲜的土,安放在万国公墓的那块墓碑前。

后记：关于我的邻居贺老先生

现在我可以同你讲，贺羽丰贺老先生其实就是我的斜对门邻居。从他家到我家，直线距离51.8米。十多年前，常常是他在自家门口叫出我的名字时，我就会即刻离开三楼的书房，5分钟内出现在他浑浊的眼里。用不了多久，我和贺老先生的棋局就准时摆开了。那时，一直照顾着贺老的江小欢江阿姨就会为我们倒上两杯温暖的红茶。随后，江阿姨在沙发上戴上耳机，她很喜欢邓丽君的歌曲，特别是那首《又见炊烟》，但她又不想让随身听里的歌声打扰了我们的棋局。

记不清具体是哪一天，贺老先生开始向我讲述起一段70年前的上海往事，他希望我能帮他记录下来。喜欢故事的我，肯定欣然答应了。不过，贺老先生当时也对我有个请求，他希望这里头所有的故事，我都必须瞒着江阿姨。

哪怕世上所有的人都明白，哪怕我在不久的将来死去，你也永远不要让她晓得。贺先生一字一句地说。

那天的黄昏，诗情画意般的夕阳，放眼远处，乡村里的炊烟渐渐升起。就像邓丽君的那首歌里所唱的：又见炊烟升起，勾起我回忆。耳畔响起贺先生飘荡在回忆中的声音时，我替他在电脑上敲下的第一句话是：

"你一定要相信，伪装术并没有中国古代的易容术那么夸张……"

随后，当炊烟中的那段河流般的故事，真正开始在河床上缓缓流淌时，我记下的另一段文字是：

贺羽丰踩进上海滩水门汀的第一脚，落在1938年的春天，他也平生第一次耳闻了宪兵队嘴里狗叫般的八嘎、八嘎，意思是愚蠢和笨蛋……

贺老先生在我们这个小区驾鹤西去十年后，也就是昨天上午的9点20分左右，江阿姨也在病床上平静地离去了。于是，我下定决心要将这段沉淀在上个世纪的故事全盘告诉你们。或许你们也可以想象，明年开春后的清明节，就在我们这个县城西南角的那处西山公墓里，那时的我，又应该多带上一丛菊花了。

所有的人生向来都是
春风沉醉中的落子无悔

2017年夏天,我和赵晖开始"密谋"一个叫《棋手》的小说。

我们仍然让故事发生在了上海,不过我们把很多场景设定在一家叫作大光明的电影院里。作为同龄人,我和赵晖都对电影院情有独钟。我想起1986年夏天,我的家乡诸暨枫桥已经能看到电影《木棉袈裟》和《八百罗汉》,那时年轻的我出没在枫桥镇文化馆里的录像厅里,从未想过有一天我竟会写下那么多关于上海的故事。从录像厅中浑浊的空气到旧上海影戏院的纸醉金迷,真有隔世般的惊心动魄之感。

或许我的另一个青春就是在那里度过，叮叮当，叮叮当，乘坐一路有轨电车去静安寺，据说寓居的张爱玲习惯枕着电车声音入睡。穿过百货大楼前炫目的广告牌，去看一场有译意风的电影。译意风中传来年轻男子的声音，他模仿着外国影片中男主角或深沉或幽默的语调，然而少年的青涩仍然从尾音中流露。

我想，这个声音就是属于贺羽丰的。他在电影院当译意风先生，专门给外国电影配音或解说。

贺羽丰是那么年轻，他会张开双手在苏州河的堤岸上奔跑，风从四面八方涌来，灌满了他单薄的外衣，仿佛要将他整个吹拂起来。这个浙西少年正处在最生猛的年纪，他就像周璇的歌声中所唱的，胡天胡地蹉跎着青春。这样的生活既忧郁又甜蜜。贺羽丰是一个天才棋手，也是后来的地下党员，在剑拔弩张的谍战生涯中经历九死一生。而外表上，他看起来就像是我的一个弟弟，来到大城市，在自行车上戴着墨镜，吊儿郎当地扮酷。我想象贺羽丰这样的青年时总是感到一种温情，他们革命、复仇、潜伏，他们追求信仰，也命悬一线，他们消磨时光，也发生爱情。

说到爱情，旧上海绵密的雨水就落在了顾晓陌妩媚的裙摆，绽放出一朵叹息般的水花。贺羽丰所钟情的顾晓陌，爱穿漂亮衣服，也爱唱流行歌曲，玫瑰玫瑰我爱你。她走在极司菲尔路上的样子，就像一只飘在空中的蝴蝶，人们看见她或许就像看《西西里的美丽传说》中的玛莲娜，想象着那种美丽背后的秘密和流言。所以在小说《棋手》中，有春风沉醉的青春与爱情，也有落子无悔的荣华与杀戮，当然还有像黄浦江水般滔滔不绝的革命与信仰。繁华尽处，一地苍凉。

世事如棋，落子无悔，适用于二战时期的一场上海谍战，也适用于任何一个朝代，更适用于生活着的我们。这就是我所陈述的一个叫贺羽丰的人，这就是我所陈述的关于《棋手》的故事。

海飞

2018年5月30日于杭州